# 轉生後的我成了英雄爸爸和精靈媽媽的女兒 2



作者／松浦
插畫／keepout

Kadokawa Fantastic Novels

彩頁、內文插圖／keepout

## 艾倫
主角，元素精靈。外表是小孩，內心是大人（自認為！）。

## 奧莉珍
艾倫的母親，精靈女王。天真開朗，身材火辣的超絕美人。

## 羅威爾
艾倫的父親，前英雄。溺愛妻子奧莉珍和女兒艾倫。

## 凡
風之精靈，敏特的兒子。和艾倫從小一起長大。

## 敏特
風之大精靈。精靈之國的宰相，是奧莉珍的左右手。

## 索沃爾・凡克萊福特
羅威爾的胞弟。公爵世家凡克萊福特家當家。騎士團團長。

## 艾莉雅・凡克萊福特
索沃爾的妻子。曾是餐館的招牌女店員。在婚禮時受到女神定罪。

## 拉菲莉亞・凡克萊福特
11歲。索沃爾和艾莉雅的獨生女。不習慣貴族的生活。

## 伊莎貝拉・凡克萊福特
羅威爾和索沃爾的母親，艾倫都叫她「奶奶」。

## 羅倫
凡克萊福特家能幹的的總管，艾倫都叫他「爺爺」。

## 艾伯特
凡克萊福特家的護衛。騎士。以前是羅威爾的護衛。

## 凱
13歲。艾伯特的兒子。受命擔任艾倫的護衛。

## 拉比西耶爾・拉爾・汀巴爾
汀巴爾王國的腹黑國王。很中意羅威爾。

## 賈迪爾・拉爾・汀巴爾
15歲。拉比西耶爾的兒子（長男）。個性認真，態度溫和。

## 休姆・貝倫杜爾
15歲。年紀最小的宮廷治療師。和精靈艾許特締結了契約。

# 人物介紹
character

# 第四話　治療的公主

這天，艾倫和羅威爾一同造訪凡克萊福特家。

當他們準備前往伊莎貝拉所住的別館時，羅威爾已經事先請人知會羅倫了。

「奶奶～！」

「艾倫！歡迎妳來！」

祖孫倆緊緊相擁，相視而笑。

「歡迎妳來，艾倫小姐。」

「爺爺，好久不見。」

艾倫笑咪咪地行了淑女之禮，羅倫見了也以紳士之禮回應，接著就是一陣擁抱。這算是他們約定俗成的打招呼方式了。

照理來說，主人不會和總管擁抱，但在艾倫心中，羅倫就像他真正的爺爺。反正雙方都為此感到開心，也無傷大雅，所以兩人總是一見面就擁抱。

而且艾倫最近過了生日，迎來了十一歲，她便趁此機會，努力不再以爸爸、媽媽稱呼雙親，而是改口叫父親、母親。

「是『爸爸』喔。」
「而我是『媽媽』喲。」
「…………」
但雙親似乎比較喜歡舊稱。
既然如此，她只好把目標轉移到奶奶和爺爺身上了。
「奶奶就是奶奶喲，對吧？」
「爺爺也是爺爺喔。」
結果雙方以一模一樣的笑臉看著她，讓她感覺到一股莫名的壓迫。
見眾人如此，艾倫的笑容不禁僵住。此時，她察覺身旁的索沃爾露出了困惑的神情。
對索沃爾來說，他大概是覺得區區稱呼不用這麼計較吧。艾倫抱著非得確認一下的念頭，氣勢十足地詢問索沃爾：
「索沃爾叔叔就是叔叔對吧？」
「……是啊。」
索沃爾和艾倫一樣，有些不敢恭維家人們的態度，而他並沒有反駁艾倫對自己的稱呼。
「哎呀，索沃爾，你不想聽聽艾倫叫你小叔叔～嗎？」
「…………」
「我才不叫！我可不會這麼叫喔！」

艾倫拚死抗拒。為什麼不管經過多少年，她身邊的人總愛把她當小孩子呢？正當艾倫心生不滿時，羅威爾笑道：

「因為艾倫妳的樣子沒什麼變嘛～所以用和以前一樣的叫法，我們才不會覺得彆扭，甚至會很高興喔。」

沒錯，明明已經過了三年，她的身高卻只勉強長了十公分……照理來說，應該會再長一點才對。不對，不該是一點，應該會更多。艾倫握拳想著。

「人……人家以後還會長嘛！」

儘管她淚眼婆娑地拍打羅威爾的肚子抗議，卻只換回羅威爾害羞地說「艾倫小小的，好可愛喔～～」的回應。

因此現在——艾倫有了極大的危機意識。

若是早熟的女性精靈，大多會在十五歲前停止成長。

艾倫低頭看著自己的胸部，臉色一陣蒼白。

*

羅威爾和艾倫後來決定要幫忙經營凡克萊福特家的事業。

今天正是上工的第一天。不過現在時間尚早，艾倫精心打扮之後，站在全身鏡前和自己

大眼瞪小眼。

奧莉珍就站在她的身旁，帶著微笑，默默守候著自己的女兒。

（雖說只是私下探訪，但畢竟要跟相關人士打招呼，我得好好打扮！）

艾倫一邊發出「嗯～嗯～」的聲音，一邊調整胸前的緞帶，甚至不斷詢問奧莉珍有沒有綁歪。

「好啦好啦，很完美。看來妳還是會緊張嘛。」

奧莉珍邊笑邊伸手戳艾倫的臉頰，嘴裡說著：「真讓人欣慰。」

看來就算是面對國王都毫不退讓的艾倫，該緊張時還是會緊張。

艾倫回想起和伊莎貝拉初次會面時，她同樣極為緊張的往事，不禁輕輕嘆了口氣。

「因為未來要受人家照顧啊，而且事關叔叔的事業……」

儘管艾倫只是要對礦山內可開採的東西稍微動點手腳，還是不願在初次見面時給人留下負面印象。

畢竟艾倫乍看之下就是個孩子，對方極有可能會揶揄她根本不懂礦山。

遲鈍的艾倫不知道自己有多少魅力，因為生前的自卑感，她對自己總是沒有信心，不知道別人會怎麼評論自己的外表。

（打招呼要注意禮貌，當然也要注意整潔，還要小心別喧賓奪主……）

要是有介意的地方，艾倫總會秉著這是替人家好的心態忍不住多嘴。雖然她也知道是時候該改正這一點了，卻已經習慣成自然，難以矯正。

（要是人家覺得我這小丫頭太囂張，那該怎麼辦啦……！）

正當艾倫因不安而來回踱步時，似乎有人察覺了她的不安，現場出現一股熟悉的氣息。

「！」

他是每當艾倫不安時，總會陪在她身邊的存在。

艾倫對著空中張開雙手，歡迎他的到來。

「凡！」

從天而降的是一隻身為風之精靈的雪白大老虎。

若以地球上的白虎為基準，凡的尺寸要再大個三倍，是一隻幼虎。沒錯，儘管這麼大一隻，卻還是個小孩子。

但他和老虎不同的是，他的脖子圍著一圈像獅子一樣長長的鬃毛。

凡從艾倫剛出生時，就一直陪在她身旁，兩人是如兄妹般的存在。

自從小小的艾倫有記憶以來，就有一隻和自己大小差不多的小老虎陪伴了，那就是凡。

凡的父親是風之大精靈，也就是擔任宰相的敏特。

敏特是大精靈，所以能化為人形，但還是小孩子的凡卻不行。聽說只要擁有像大精靈那樣的力量，就能學會如何化為人形了。

他們兩人認識的契機，是以宰相的身分隨侍奧莉珍左右的敏特思量的結果。他決定把凡帶去當艾倫的玩伴。

凡是一隻比艾倫稍大的幼虎，身體毛茸茸而且圓滾滾。他會用有著柔軟肉球的前腳拍打地面，央求艾倫和他玩耍，艾倫不可能不為之著迷。

他們一起翻滾，整天玩在一起。過去，艾倫身邊始終圍繞著大人，沒有同年代的孩子。因此，對艾倫而言，當時邂逅的凡是她在這個世界首次遇見的「朋友」。對凡來說，艾倫也是重要的存在。她是妹妹，是下一任女王，是他必須守護的對象。

當艾倫一歲，學會走路後，羅威爾的過度保護便日漸增長。只要他一感覺有危險，就會馬上把人抱起來。但艾倫卻在認識凡之後，對這樣的情況逐漸顯露不滿。

艾倫想和凡玩耍。可是，就算只是和凡一起隨意走動，羅威爾也會把她抱起來。最後，艾倫終於開始鬧脾氣，說她討厭被人抱。

可是羅威爾還是覺得這樣的艾倫可愛得不得了。沒想到，某天羅威爾抱著心生不滿的艾倫時，艾倫竟然突然消失，讓羅威爾頓時僵在原地。

「……咦？」

儘管距離很短，原本抱在懷裡的艾倫的確轉移到了眼前的凡身旁。

就連在一旁默默看著一切的奧莉珍及敏特都藏不住驚訝之情。

「居然因為討厭被羅威爾抱就學會了轉移！」

奧莉珍捧腹大笑，羅威爾則大受打擊，總算明白艾倫有多麼厭惡被抱了。艾倫自己一開始也很吃驚，不過她馬上就抓到訣竅，學會轉移了。

想當然耳，這天之後，羅威爾和艾倫便開始上演你追我跑的戲碼。

艾倫在兩歲前就學會奔跑，但因為這樣馬上就會被羅威爾捉住，所以她又學會了飄浮。她就這樣接二連三不斷地創造出逃離羅威爾的手段。

雖然周遭的人都欣慰地說她未來不可限量，但這樣的兩歲小孩應該是很可怕的存在吧？

後來，前世的記憶甦醒，艾倫喜歡城堡的特性發作，便開始在城堡裡探險。

她就這樣慢慢成了一個只為了不被羅威爾找到，而擅長躲藏的兩歲小孩。因此，羅威爾的呼喚聲總是響徹整座城堡。

不過，某次多虧了凡，羅威爾總算找到艾倫的弱點了。

一旦艾倫開始沉浸於城堡裡的探險，就常常連凡都忘記，頻繁施展轉移消失。他們慌慌張張地出動所有精靈尋找，找了好幾個小時依舊找不到。

當所有人不知該如何是好時，凡難過得發出嗚咽聲，結果艾倫就不知道從哪裡冒出來了。

這個情形重複了幾次後，羅威爾說：「還真方便啊。」

之後，每當艾倫走丟，羅威爾就會立刻抓住凡的後頸，然後以黑心的笑臉說道：

「快哭。」

凡被他嚇到，淚眼婆娑地發出叫聲求救，結果敏特和艾倫雙雙飛奔趕到。

「小凡凡！」

「凡！把拔，你快飯開凡！」

「沒想到連敏特都上鉤了……」

羅威爾看傻了眼。慌慌張張地搶回凡的敏特完全忘了四周還有人在看，立刻抱緊凡。

敏特平常可是個沉著冷靜的人，如今這副模樣實在有些滑稽。

「小凡凡！他有對你做什麼過分的事嗎！」

「原來這才是你的本性啊？」

「羅威爾大人！你想對我家孩子做什麼啊！」

羅威爾見宰相一反常態也驚訝不已，但他想到站在一旁的艾倫，就覺得自己也沒資格說別人。

「抱歉啦，因為這樣艾倫就會跑出來嘛。」

「您怎能做這種事！聽好了！難道您認為我會放過這麼對待我的孩子的人嗎！」

「抱歉。」

敏特見羅威爾毫無歉意，只覺怒不可遏，便把站在一旁的艾倫抱起。

「……喂。」

只見羅威爾發出宛如盤據在地底深處的低吼聲，敏特不禁嗤之以鼻。

敏特的懷中抱著凡和艾倫。儘管突然被人抱住，讓艾倫一時之間反應不過來，但當她發現凡就在眼前，便很快喊了一聲「凡～」就這麼抱了上去。

「艾倫大小姐，要是您不嫌棄，要不要來當我家的孩子呢？」

「喂！」

「既然你們能察覺彼此的危險到這種程度，只能說你們是命中注定的一對……」

敏特說到這裡，羅威爾隨即散發出殺氣。

凡因此嚇得發抖，但艾倫只是不解地嘟囔：「命中注定～？」

「我警告你，別繼續在艾倫面前說這些有的沒的。」

正當羅威爾和敏特之間迸出火花，雙方一觸即發時，一道帶著驚人壓迫感的聲音突然從敏特身後傳出。

「哎呀哎呀～～敏特呀，你在對艾倫做些什麼呀～～」

敏特身後站著不知為何正在氣頭上的奧莉珍。羅威爾和敏特看了，不禁嚇得繃緊身子。

「我會讓艾倫自由戀愛，可不准搞什麼政治聯姻喔！」

奧莉珍對著敏特斥責了一聲「壞！」。

「不管是哪種戀愛，我都不允許啦啊啊啊啊！」

就在三個大人互相爭論時，艾倫和凡從敏特懷裡悄悄開溜，舉步離開大人們。

「凡，我們去那邊王吧！」

「遵命～」

艾倫和凡就這麼將大人們的心思拋諸腦後，一起度過每一天。

他們一起玩耍，累了就一起午睡。他們體型相當的時候，是靠在一起睡，然而凡一下子就長大，漸漸變成艾倫會埋進他的毛皮裡睡覺。大人們依舊覺得這樣很可愛，默默在一旁守候。

這點直到現在也沒有改變，不過最近艾倫常和羅威爾一同前往人界，踏上修行之旅，讓凡感到有些寂寥。

艾倫想起了一些往事，這才突然發覺最近待在她身邊的人都是羅威爾，而不是凡。

這份心情似乎傳到凡心中了，只見他將身體湊上來磨蹭。

「公主殿下，您又要出門了嗎？」

「我今天要和爸爸一起去幫忙叔叔！」

「…………」

艾倫搔了搔凡的脖子，接著抱緊他。

凡感應到艾倫不安的心情，所以才會前來查看情況，不過他實在很好奇艾倫怎麼會不安

成這樣。

凡想至少待在她的身邊，所以他不是死盯著艾倫看，就是若無其事地繞著她打轉，釋出希望她能帶自己出門的意圖，但艾倫卻苦笑著說不能帶他一起去。

此時，正好前來迎接艾倫的羅威爾站在遠處看著他們，似乎在思量著什麼事。艾倫察覺了他已到場，興沖沖地跑向他，這才讓他停止思考。

「妳今天也好可愛，我的小公主。」

羅威爾抱起艾倫，在她的臉頰落下一吻，讓艾倫癢得笑著問早。

「我準備好了！」

「好，那我們走吧。」

羅威爾對著艾倫笑著，接著也給了奧莉珍一吻。

「我們走了。」

「媽媽，我們走了！」

「呵呵呵，路上小心。」

奧莉珍揮手目送艾倫他們。下一秒，她往旁邊一看，發現被遺忘的凡正失落地垂著耳朵和尾巴，只能無奈地笑了笑。

＊

羅威爾和艾倫使用轉移，一瞬間就來到凡克萊福特家。他們向守衛打過招呼後走進宅邸。艾倫見羅倫馬上前來迎接，露出開心的笑容。

「爺爺，早安！」

「呵呵呵，早啊，艾倫小姐。」

羅倫表示他會立刻通知當家，接著帶著他們兩人往房裡走去，並叫女僕去請索沃爾過來，自己則直接開始備茶。

照理說，他和女僕的職責應該相反，但羅威爾向來不喜歡用女性泡的茶、煮的飯，羅倫也就順勢接手了。

艾倫他們坐在沙發上，認真盯著羅倫泡茶的手法，但艾倫為了確認接下來的行程，轉頭看向坐在身旁的羅威爾。

「我們今天要跟相關人士見面對吧！」

「是礦山的負責人和他的部下，不過那些人幾乎都是索沃爾的部下。」

「是這樣嗎？」

「因為礦山很小，幾乎沒什麼東西可挖了，所以沒僱什麼人手。現在只派了幾個索沃爾的部下在那裡進行作業，之後應該會再僱用礦工，做正式的開採。」

「這樣啊……」

此時索沃爾和艾伯特正好走進房裡，他們兩人於是抬起頭來。

「叔叔，今天請你多照顧了。」

「好，我也要麻煩妳出力了。」

「羅威爾大人、艾倫小姐，兩位早安。」

索沃爾笑著打招呼，艾伯特則是將手放在胸前，行臣下之禮問早。

在那件事之後，索沃爾和艾伯特相處得還算融洽，常有人看到他們兩人在一起協商事情。艾倫見他們之間散發出和睦的氛圍，露出滿足的表情。

「這次為了封閉礦山，要展開調查，為了以防萬一，才請大哥見證。」

「我知道，艾倫就當作去見習吧。」

「礦山很危險，妳可不能離開大哥……呃，我看大哥也不可能離開艾倫啦。」

「那還用說。」

「咦～？」

艾倫以為要一直被抱著走，因而感到不滿。不過，畢竟是要去見不是家人的人們，所以確實很危險。由於最近都只和凡克萊福特家的人們接觸，艾倫發覺自己的戒心開始鬆懈了，趕緊繃緊神經。

「雖然現在上工的大多是我的部下，但還有幾個是以前僱用的礦工。」

「是為了詢問當時的事嗎？」

「對，我想艾倫只要在正在作業的部下附近變出一點點礦石就行了……」

「好！我會加油的！」

艾倫精神飽滿地舉起單手強調，在一旁準備點心的羅倫看了不禁傻笑。

「爺爺我也好想一起去啊……」

瞧見羅倫打從心底感到悔恨的樣子，索沃爾也只能苦笑。

當羅威爾對他無情地說出看家宣言，羅倫整張臉都因落寞而扭曲。

「爺爺，我回來再跟你說有什麼趣事喔！」

艾倫笑著說出這句話後，羅倫的表情馬上開朗了起來。

「那我就靜待妳的佳音了。」

儘管他們兩人相視而笑的樣子令人欣慰，索沃爾卻不得不說：

「別說趣事了，我看根本會連工作報告都一併說完……」

「應該就是那樣了吧。」

羅威爾一邊喝著羅倫奉上的茶，一邊若無其事地回答。

索沃爾只得苦笑。畢竟一旦艾倫開口開始向羅倫述說趣事，就鐵定不會有羅威爾和他出場的機會了，艾倫就是那麼有能力。

「對了，奶奶不會過來嗎？」

每當羅威爾和艾倫造訪，必定會有人前去通知伊莎貝拉。艾倫左顧右盼，尋找平常都會

來打招呼，今天卻不見其身影的人。

「是啊，因為我沒有把你們今天會來的事告訴她。」

「咦？」

艾倫詢問原因，結果換來一句「因為她會說出跟羅倫一樣的話」。

「也對，她一定會想跟。」

「是啊。」

索沃爾非常贊同羅威爾的話。伊拉貝拉跟羅倫不同，就算要她留下來看家，她也不會聽，索沃爾一邊這麼說一邊嘆氣。

不過艾倫也不忘請求：「雖然現在見不到很遺憾，那我可以回來再見她嗎？」

「可以啊，麻煩妳這麼做，母親也會很高興的。」

「好！」

不過索沃爾身旁的艾伯特卻感覺如坐針氈，眼神望著遙遠的另一方，讓艾倫有些在意。

「那我們走吧。」

「好～！」

一行人要乘坐馬車前往礦山。當羅威爾和艾倫手牽著手，準備往停在門口的馬車走去時，羅威爾和索沃爾卻雙雙止步。

馬車的數量非常多。艾倫歪著頭，心裡疑惑著是否要這麼大陣仗出門。

「……？」

就在艾倫一愣一愣地觀望時，馬車的車門開啟，伊拉貝拉優雅地從裡頭走出。

「你們想背著我搞怪，還差得遠呢！」

伊莎貝拉拿扇子遮住嘴巴，呵呵笑著。艾倫一見伊莎貝拉，喊了一聲「奶奶！」便跑了過去。

「啊啊～艾倫！」

兩人緊緊相擁打招呼的光景實在令人欣慰，但羅威爾和索沃爾卻立刻同時怒瞪艾伯特。

「小的實在抱歉——！」

看樣子，凡克萊福特家的大家都沒什麼變。

*

羅威爾和索沃爾試圖勸退伊莎貝拉，她卻也是有備而來。

「我在馬車裡放了很多坐墊，所以不會坐痛屁股喔。而且你們這麼努力，我還幫你們準備了慰勞品呢！」

這樣簡直就像要去野餐。羅威爾和索沃爾同時嘆了一口氣，但艾倫卻開心得不得了。

「跟奶奶一起出門！」

見艾倫喜形於色，伊莎貝拉在感動之餘，眼眶都溼了。

「多麼乖的孩子啊……！」

艾倫察覺伊莎貝拉想跟著去的心情，主動將氣氛營造得彷彿自己也希望伊莎貝拉一起前往。

「大哥，怎麼辦啊……？」

左右為難的索沃爾求助羅威爾，只見羅威爾又嘆了一口氣。

「到現場之後，把她交給艾伯特照顧就行了。」

「……說得也是。」

見兩人放棄掙扎，伊莎貝拉又說：

「怎麼把人講得像礙事的貨物啊。我在你們出生前，可是常常去那座礦山呢。」

「咦……」

初次聽聞這件事，兩個大男人都驚訝不已，伊莎貝拉則不悅地哼了一聲。

一問之下，他們才知道，原來在礦山的全盛時期，上一任當家常常前去視察，而伊莎貝拉會帶著便當跟在後頭，不請自去。

「奶奶……！」

艾倫嗅到戀愛話題的氣味，雙眼頓時發亮。

「那個人也真是的，明明是個貪吃鬼，卻老是忘記帶便當。所以他走到哪裡，我就跟到哪裡呢～」

伊莎貝拉伸手撫著臉頰，露出懷念的微笑。仔細一看，她穿著類似馬術服的服裝。

女性在這個世界也能成為騎士，因此姑且也有女式褲裝存在。

那主要是穿來騎馬的服裝，因為主要是貴族會穿，上頭加了許多蕾絲，看起來非常華麗。

「人家穿著洋裝就來了……」

見自己一身不合宜的裝扮，艾倫開始消沉。伊莎貝拉和羅威爾急忙解釋：

「沒關係的，艾倫！反正羅威爾片刻都不會離開妳，會一直抱著妳嘛！」

「就是啊，艾倫！」

「……」

就算那樣也……見艾倫神情複雜，伊莎貝拉喊了聲：「對了！」

「下次我也幫艾倫做一件這種款式的衣服吧！」

「咦？」

「因為以後還會去礦山視察對吧？既然這樣，手邊有個一件也不會怎麼樣呀。」

存放在宅邸裡的那些大量服裝已經讓艾倫非常不知所措了，沒想到還要繼續增加嗎？

「艾倫，妳放棄吧。就算妳阻止母親，她還是會找到其他理由幫妳做衣服的。」

相對於嘆了氣的索沃爾，羅威爾覺得無傷大雅。

「精靈的服裝和人界畢竟不一樣嘛，多幾件人界的衣服也無妨吧？」

「……既然爸爸這麼說……」

仔細想想，穿洋裝確實很可愛，但艾倫也樂意穿著便於行動的衣服。

「我好高興！」

艾倫老實道謝後，伊莎貝拉雀躍地說了句：「敬請期待喲。」結果幾天後，伊莎貝拉走火入魔，準備了大量服飾，被索沃爾斥責她太超過了。

＊

他們一抵達礦山，索沃爾的部下和昔日礦工們全都出來迎接。

如眾人所料，就算來到這裡，人們的視線大多還是集中在羅威爾和艾倫身上。有些人表現出和善，也有些人覺得艾倫的服裝不合宜，對她冷眼相待。

（我搞砸了……！）

留下糟透了的第一印象……艾倫整張臉鐵青。這時，伊莎貝拉從羅威爾身後探出頭來，礦工一見到她，無不露出驚訝的神色。

「……夫人？」

「哎呀！好懷念的面孔！從前真是受你們照顧了～」

伊莎貝拉笑道。或許是因為懷念，礦工的表情不再緊繃。

「各位工作辛苦了，你們和我兒子有事要協商吧？我想說協商時也能順便吃頓午餐，所以準備了一點東西，你們就一起享用吧！」

伊莎貝拉拍拍手，女僕們隨即出現，在現場擺出大量的籃子。

索沃爾的部下和礦工們看了全都喜形於色。

「每次只要夫人蒞臨，美食就會跟著到場。這讓我想起我們從前總是討論著『不知道您可否每天都來？』呢。」

礦工們露出一臉懷念的笑容。剛才他們的後頭跟著三台宣稱是護衛的馬車，但這些食物的量卻讓艾倫驚訝得覺得那些馬車根本全塞滿了食物。

「母親為人就是如此，所以到哪裡都很受歡迎。」

根據羅威爾所言，凡克萊福特領擁有很多騎士團養成所等等男性居多的場所。而伊莎貝拉總會準備大量的食物，瀟灑地出現在那些地方。

「父親的胃完全被母親攻陷了。」

當羅威爾悄聲說，索沃爾發出「嗚」的一聲，似乎感同身受。

「你也是啊？」

「…………我聽不懂大哥在說什麼。」

經羅威爾這麼一說，艾倫才想到，索沃爾的妻子——艾莉雅也是在一間離騎士團沒有多遠的餐館工作的人。她說「有其父必有其子」，索沃爾的臉便泛起微紅。

「艾倫，要對只懂得動身體的人懷柔，食物是最有效果的喲。」

「……奶奶？」

艾倫以僵直的笑容詢問：「奶奶說的是爺爺嗎……？」羅威爾則站在後頭，小聲說了一句「原來一切都是計謀」。聽了這句話，身在羅威爾旁邊的索沃爾則是遙望遠方，開口道出：「『有其母必有其子』這句話說的就是大哥……」

＊

這座礦山原本是一座銀山。銀礦這種東西，分成自然銀、常溫的斜方輝銀礦、高溫的輝銀礦，另外還有一種由銀和銻的硫化礦物組成，被稱為深紅銀的濃紅銀礦，以及銻置換成砷的淡紅銀礦、角銀礦等等氯化銀。

地球上還有其他種類的加工銀，不過從自然界能挖掘到的銀大概就是這些了。

照理來說，鑽石不可能隨隨便便從銀山當中挖出。一座礦山能挖出什麼種類的礦物，幾乎一開始就成了定局，畢竟每座山生成的原委都不同。

鑽石的原石則是岩漿在特定條件下凝固的火成岩，通常出土於受到日積月累風化而成的安定平坦大陸。

只要看看位在地球各地，被稱做鑽石礦山的礦場就可以知道，這類礦山一般都是採用名為Opencast的露天開採方式，將平坦的地面挖成漩渦狀來進行挖掘。

這和銀山的開採方式完全不同。要是要挖到可以出土鑽石的深度，毫無疑問會被地下水問題所苦。

眾人吃完餐點後，開始進行協商。

大家聚在建於礦山入口的一間寬廣卻簡樸的木屋當中，木屋中央的桌上擺著昔日經常挖出的礦石。

艾倫踩著步伐靠近，盯著石英猛看。

（有好多石英喔……）

不過石英之中也有些能夠形成自然銀。艾倫把手放在下巴上，思考著該怎麼做，看起來才會自然。

「……小姐很感興趣嗎？」

現場有個爺爺礦工。他是個笑得和藹可親的蓄鬍爺爺，不過從其他礦工的應對進退來看，他應該是說話最有分量的人。

「對！」

艾倫笑著這麼回答後，這名爺爺也滿意地笑了。

（啊，只要在石英中加入銀……原子序數四十七號！）

她一邊混入雜質，一邊動手腳，然後笑著對爺爺喊道：「我發現漂亮的東西了！」

「這個白色的石頭好漂亮！換個角度看就會發光，好好玩！」

有些銀質會明顯分散在石英表面，讓人一眼就看得到，不過大部分自然銀的形狀都像樹根。

「您說會發光……？」

艾倫悄悄在石英當中變出細根狀的銀，並動了手腳，讓銀從石英的裂縫中稍稍冒出。她指著有銀的地方問道：「是不是在發光？」

「不會吧……」

爺爺急忙拿起那顆石英認真地看。他在不斷變換角度觀察之際，雙手因為興奮而顫抖。

對礦工而言，這座山已經沒有銀可以開採了，這是早就得出的結論。但周遭的人察覺爺爺的神色不對勁，紛紛好奇起他手上的那顆石英究竟怎麼了。

「領主大人，請問可以敲碎它嗎？」

「啊……好啊，可以。」

索沃爾立刻察覺艾倫動了手腳，這句回應說得完全沒有抑揚頓挫，羅威爾於是怒瞪他，要他振作一點。

敲碎礦石具有危險性，大人們要艾倫後退，她也就乖乖地繞到羅威爾身後。

不過或許還是覺得好奇，她抓著羅威爾的衣襬，偷偷露出一顆頭觀望。大家見她如此，不禁欣慰地笑了。

爺爺熟練地拿出類似鑿子的東西，接著拿起鐵鎚就往鑿子尾端奮力一敲。石英隨即裂成兩半，同時有個像細根的東西從中完整掉出。

艾倫這才發現自己忘記將銀附著在石英上了，不過幸好眾人並不在意。

「真沒想到！」

礦工們各個驚訝地嚷著，索沃爾和部下們卻不懂那是什麼。

「那是什麼？樹根嗎？」

「這不是樹根！領主大人，這是銀啊！」

見礦工們如此興奮，索沃爾等人開始慌張。

「等……你們先等一下……」

「領主大人！這座山並沒有枯竭！我這就召集人過來開採！」

場面因為興奮即將失控，看來艾倫做得太過火了。

「我叫你們等一下！」

索沃爾一聲怒喝，周遭所有人都嚇得縮起肩頭。現場瞬間恢復冷靜，索沃爾輕咳了兩聲。

「父親告訴過我情況。你們已經忘記這裡為什麼會被封鎖了嗎？」

艾倫一直以為是因為已經採不到銀礦所以才要封鎖，沒想到原因居然是因為疾病蔓延，這還是她第一次知道。

（疾病……？）

細聽之下她才知道，據說因為過度開採銀礦，這裡受到精靈下了某種詛咒。

艾倫接著刨根問底，發現那和肺塵症很像。那是一種吸入粉塵後對身體造成傷害的疾病。

（對了，我看大家的氣色都……）

這個國家的疾病知識幾乎都仰賴精靈和女神。一旦疾病擴散，就會引起人們對傳染病的恐慌。

聽說前當家在世時，曾有一年出產了很多銀礦，大家爭先恐後開採，後來便接二連三出現病倒的人。

這個肺病不只會發生在礦工身上。凡是頻繁接觸棉花、甘蔗、香菇、軟木、木漿，以及養鳥的人和常使用線香的人，都有可能罹患這種疾病。其中還有一些是因為加溼器和室內擺放的觀葉植物造成黴菌繁殖，人們吸入那些東西，隨後引發病症。

（啊……）

艾倫的能力不只能夠改變物質的構成，她也能像剛才那樣，從別的地方將特定物質抽出或嵌入。

既然如此，她心想，搞不好她也能將堆積在肺裡的粉塵去除。

艾倫拉了拉羅威爾的衣襬。

「嗯？怎麼啦？」

羅威爾立刻察覺艾倫的意圖，低頭看她。只見艾倫催促羅威爾，表示她想說悄悄話。

羅威爾蹲下聽艾倫說話。幾秒後，羅威爾露出驚訝的眼神。

「妳說妳知道這種病……？」

羅威爾小聲呢喃，艾倫則點點頭。接著，他們突然發現周遭一陣寂靜。

在場眾人都聽見羅威爾那聲呢喃了。

「您……您說什麼……？」

礦工們的驚愕全集中在小女孩身上，這讓艾倫嚇了一跳，匆忙往羅威爾背後躲。

「大……大小姐您知道這種詛咒嗎！」

對礦工們來說，這份詛咒已經懸在心頭多年，現在或許是能夠從那股恐懼中解放的時候。在石英中發現銀的時候也是，現在那些礦工們再度興奮地試圖圍住艾倫，羅威爾見了大聲喝道：

「不准靠近我女兒！」

羅威爾這聲怒吼夾雜著殺氣，震懾所有人。索沃爾和艾伯特也急忙移動位置，準備保護艾倫。

「爸……爸爸，請讓我跟大家稍微談談。」

「艾倫？」

艾倫緩緩從羅威爾背後探出身子，在礦工們面前行了淑女之禮。

「我叫做艾倫．凡克萊福特。是羅威爾．凡克萊福特的女兒。我想你們應該都不明白為什麼我這個小孩子會出現在這裡。」

艾倫突然說出彷彿看穿所有人心思的發言，讓礦工們很是吃驚。明明是個小女孩，說話卻像大人一樣成熟，也讓他們藏不住臉上的困惑。

不過，在一群人之中，只有礦工爺爺認真看著艾倫。

艾倫也重新與爺爺對視，筆直看著爺爺說：

「我之所以會在這裡，是因為我擁有的知識或許能幫上你們的忙。」

「知識……？」

聽了艾倫的話，所有人無不蹙眉。他們長年在此工作，各個自負是最了解這座礦山的人，如今那份驕傲遭到輕視，所有人的眼神都變得和剛才不同。他們釋出不滿的神色，心想「一個孩子說什麼傻話？」。

「好比各位剛才說的疾病。」

「……您真的有頭緒嗎？這不是一種詛咒嗎？」

「是的。就我的觀察，我想各位的症狀應該是呼吸困難、有痰，而且還會嚴重咳嗽。體力無法支撐長時間的作業、臉色發白、全身水腫……對嗎？」

「您看得出來嗎！」

「疾病有很多種，這應該是各位吸入開採時揚起的粉塵導致的疾病。」

「妳說什麼？妳是說這不是詛咒……？有很多人可是年紀輕輕就死了啊！」

「只有礦工得這種病吧？」

「是……是這樣沒錯。」

「在礦山內，空氣循環會變得非常差。揚起的粉塵被各位吸入後，肺部便會逐漸累積異物，即使試圖吸氣，累積下來的粉塵也會塞住肺部，造成呼吸困難。」

「妳說什麼……」

「氧氣會運送體內的老廢物質，各位吸不到氧氣，血液循環就會變差，最後影響到全身。」

當艾倫說到這裡，周遭的人已經一副聽不懂她在說些什麼的表情了。

只有爺爺一個人掛著彷彿隱忍著什麼痛苦一樣的表情。

「有許多礦工們年紀輕輕就死了，開採作業在半途就喊停，我們可說是因此才得救……這種病治得好嗎？」

聽見這個問題，艾倫顯得有些悲傷。見她如此，爺爺於是笑著說了聲「這樣啊」。

「能因此而死，也是我們的驕傲了。」

對方以放棄的口吻這麼說，嚇了艾倫一跳。

「對不起，爺爺誤會了。我的意思是，要根治很難，像爺爺這種已經發病許久的人，粉塵已經沾黏在肺部了。」

「沾黏……？」

「堆積異物的肺已經受損了。可是只要身體還活著，肺就會試圖自我修復。只不過，在傷口癒合的時候，粉塵也會跟著融入其中，在肺裡面和傷口一起結塊。」

「呃……」

「是可以強行去除，可是這麼一來會引起出血，血又會塞住肺。要是勉強自己幹活真的會死掉。」

「什……」

這個世界應該沒有人知道這麼直接的治療手段吧。所有人在驚訝之餘，全都啞口無言，只有爺爺復述著艾倫的話。

「要根治很難……意思是可以稍微緩和症狀嗎……？」

「要花上一點時間，不過應該可以。」

「妳說什麼！」

「要慢慢將異物從體內排出。一點一點除去沾黏的部分應該會很痛很難受，不過這樣症狀就會慢慢改善了。」

「艾倫……？」

羅威爾他們完全搞不懂艾倫想幹嘛，無論是羅威爾還是索沃爾都一臉驚訝。

「爸爸，我們先回家一趟吧。我有想請你和媽媽一起和我商量的事。」

「叫奧莉……？」

羅威爾心中瞬間浮現一股不祥的預感，但事情到了這個地步，他也只能點頭答應。

「要是不在開採之前擬好對付這個疾病的對策，就算招人也不會有人來。而且一旦我們開始開採，知道從前發生過什麼事的人也有可能會嚷嚷又要被詛咒了。這件事攸關凡克萊福特家的名譽。」

「……的確是這樣。」

剛才索沃爾就是想說出這一點，才會阻止礦工行動。其實他是想叫他們以少數人手進行開採，沒想到最後艾倫居然會提出應付這個疾病的對策，這點他也是始料未及。

「各位，請你們不要到處張揚，說我們挖到銀礦了。如果不能先治好這個疾病，就不能讓礦山再度開放。叔叔，這樣可以吧？」

「啊……可以。當然可以。」

「另外，等各位的病情好轉之後，再進行開採作業吧。這麼一來，就更有說服力證明這不是詛咒了，而且各位也能在比現在還健康的狀態下工作。」

「難……難道您願意治療我們……？」

「我會針對各位的藥去做商量，請各位不要宣揚我們挖到了銀礦，靜待我的消息。」

艾倫這番話也能解釋為——一旦你們到處張揚，我就不會把藥交給你們。這件事不只關係到性命，更關乎未來是否能以礦工的身分繼續工作。面對這意想不到的發展，礦工們全都嚥下一口唾沫。

畢竟這麼提議的人只是個小女孩，眾人都不免心生疑惑。

＊

羅威爾和索沃爾在回程的馬車上抱頭苦思。

究竟有誰會想到事情會發展成這樣呢？發生了這件意料之外的事，他們都不知道該怎麼應付才好。

「那……那個……對不起。」

艾倫愧疚地道歉。她明明已經小心注意別插嘴多事了，結果還是忍不住。

「艾倫，那個病真的治得好嗎？」

索沃爾輕聲問，艾倫則點了點頭。

「理論上可以。」

「理論……？」

「他們發病後，時間已經過去太久了。如果因為肺病併發其他疾病，我就不敢肯定了……」

「併發……？」

「有些病菌會從傷口入侵，讓患部腐爛。可是那和一開始的傷口不同對吧？換句話說，就是原本的疾病成為誘因，患上了另外一種病，也就是同時得到兩種病，這就叫做併發。」

「……妳知道很多艱深的詞彙耶。」

索沃爾非常佩服艾倫，畢竟過去被視為不治之症的疾病，現在有了治好的可能性，這實在是不得了的事態。

「…………」

見艾倫如此消沉，索沃爾不禁慌了手腳。

「可是既然妳都誇下海口，那就只能去做了。對吧，艾倫？」

羅威爾說出這番話後，艾倫點頭同意。

「是的，可是我要先得到媽媽的同意……」

「奧莉？」

「我接下來想開始製藥，可是人界可能會因為這種藥物產生影響……」

「啥！」

聽了艾倫的話，羅威爾和索沃爾都瞪大了眼睛。伊莎貝拉默默在一旁聽著，訝異地說：

「原來艾倫連這種事都做得到嗎……？」

「對、對不起……我原本以為只要稍微改變我使用能力的方式就能應付……」

「……」

羅威爾陷入沉默，或者應該說他正不動聲色地在生氣？他吐出一口氣，將艾倫抱到自己的膝上之後，喊了一聲：「奧莉！」

「來了～」

一道突兀的開朗聲調響徹整輛馬車。奧莉珍現身在羅威爾身旁，就這麼靠著羅威爾坐下。

「奧莉，妳都看見了，所以我想妳應該知道……」

「艾倫，妳想怎麼做都可以喲～」

爽朗的明亮聲音響徹沉重的空氣，在場的人都吃了一驚。

「身為一個精靈，艾倫還很不成熟，自己的力量會對世界帶來多大的影響，這點不試試看就不會知道吧？」

「咦？啊，是這樣沒錯……」

艾倫原本以為自己會被反對並遭到責罵，現在連她也覺得非常驚訝。羅威爾等人不禁心想，艾倫之所以會比想像中更不受控制，或許是遺傳到奧莉珍了。

「奧莉！要是艾倫有什麼萬一……！」

「哎呀，放心吧～如果情況危急，大不了別回人界就好啦～」

「……！」

聽見這話而發出悲鳴的人只有伊莎貝拉一人。空氣直到剛才都還很沉重，現在卻因為奧莉珍一句話全部煙消雲散。但那過於果斷的判斷，讓伊莎貝拉以外的人都傻了眼。

艾倫這才想起，當初他們談到「萬一和初次見面的依莎貝拉處不來該怎麼辦？」奧莉珍也只說了一句：「那別再見面就好啦。」

「艾倫，這也是一種學習喲。既然妳誇下海口了，就要做到底。不過妳可不能全扛在自己身上，別忘了妳身邊還有爸爸、媽媽、奶奶和叔叔喲。」

奧莉珍笑著對艾倫這麼說。甚至連「放手去做吧！」這種話都握著拳頭說出口了。

「媽媽……」

見艾倫感動得泛淚，奧莉珍看了羅威爾一眼後說：

「親愛的，不過就是替艾倫加油嘛，這種小事你應該辦得到吧？」

奧莉珍呵呵笑著，羅威爾抖了一下，似乎從她身上感覺到了什麼。

「……要是我覺得事情不妙，就會馬上帶她回去喔！」

「這才是我的羅威爾呀～～！」

現在羅威爾也同意了。想到這邊，艾倫突然有了幹勁。

「我知道了！我會加油！」

「呀～！艾倫加油～～！」

既然精靈王都准許了，那也沒什麼好怕了，艾倫自信滿滿地哼了一聲。如此一來，這個和那個都能做了——艾倫隨即徜徉在自己的思緒當中。

「……艾倫，妳回家不是要跟羅倫說我們出來這趟發生了什麼事嗎？」

因為羅威爾一句話，艾倫這才回過神來。索沃爾見狀只能苦笑。

一行人回到宅邸後，艾倫馬上向羅倫解釋事情的來龍去脈，結果羅倫睜著閃亮的雙眼這麼說：

「既然如此，為了不讓事情傳開，就讓我負責管理這件事吧。」

羅倫笑得和藹可親。他的手腕和可怕之處也只有羅威爾和索沃爾才知道了。

＊

回到精靈界後，艾倫就把自己關在房間裡。

羅威爾他們完全搞不懂她在做什麼。儘管透過水鏡窺探過的奧莉珍表示艾倫似乎在製作什麼東西，不要去打擾她，羅威爾還是擔憂著這樣放任不管真的好嗎？在房門前來回走動。

這時，凡從半空中轉移現身。

「嗯……怎麼了？」

凡出現了，代表事情非同小可。羅威爾不禁皺眉，以為艾倫發生了什麼事。

「公主說吾也不能進去……」

凡失落地垂下耳朵和尾巴。

「連你都被趕出來了啊……」

一旦艾倫專注在某種事物上，就會看不見周遭的人事物，甚至會忘記要吃飯、睡覺。

隨著時間過去，連以敏特為首的大精靈都出現了。大家七上八下地在房門前來回踱步。

「已經半天了耶……艾倫大小姐卻完全沒吃東西……會不會太久啦？」

羅威爾聽見敏特的話，抬起頭來。聚集在走廊的大精靈們追問：「就算是這樣，還是不能打擾嗎？」

「……奧莉說不行。」

羅威爾似乎在掙扎些什麼，他的眉間卡著一道道深邃的皺紋。見他一臉煩躁，大精靈們知道，要是此刻他們站在奧莉珍那邊，便會立刻被視為敵人，於是紛紛遠離他一步。

「可是再怎麼樣……」

當敏特這麼說，凡瞬間有了某種感應，上前不斷抓房門。

「公主殿下！公主殿下！」

見凡如此慌張，羅威爾知道事情不單純，急急忙忙想打開房門，沒想到房門似乎受到奧莉珍的力量所干涉，一動也不動。

「奧莉……妳料到我會闖進去，所以設下結界了是吧？」

羅威爾煩躁地露出不服輸的笑容。身上流著凡克萊福特之血的人，面對敵人時都會這麼笑。

大精靈們感覺到羅威爾身上發出不同凡響的氣勢，一步步逐漸遠離房門。

羅威爾打算用他的結界魔法攻擊那道結界，藉此抵銷結界的力量。兩股力量互相碰撞，當周圍的牆壁開始產生裂痕，羅威爾發現了一件事。

「可惡！結界只施加在門上嗎！」

知道自己被擺了一道後，羅威爾對著房間的牆壁一口氣使出所有力量。

艾倫就在房裡，為了不在裡面造成飛砂走石，羅威爾俐落地做出結界包覆沙礫。當敏特對這靈活的手法看傻了眼時，瓦礫停止散落，大家也終於看到身在房裡的艾倫，卻全都失了言語。

黑色的文字圍繞著艾倫，飄蕩在半空中。

那些文字是所有人從未見過的形狀。漂浮在周圍的東西看起來像蜂巢，但又明顯是文字。有人以為那是魔法陣，可是沒有一個大精靈知道那是什麼陣型。

「艾……艾倫……」

羅威爾一邊冒冷汗，一邊問那是什麼。只見艾倫就在這個空間的中央喃喃自語，同時不

斷在大量的紙上書寫。紙上羅列著沒有人看過的文字。

她到底在做什麼？而且充斥在這間房裡的龐大魔力，甚至讓周圍的大精靈都心生畏懼。

艾倫把空氣中的碳變成炭，用以代替墨水，不斷在紙上寫下化學式。紙不夠寫，她就寫在半空中。不一會兒功夫，房間四處飄盪著化學式，但她不在乎，始終計算著物質比例。

她不斷寫出記憶中的化學式，然後計算成分，予以調節。

沒錯，艾倫現在正在做的東西，就是「藥」。

艾倫一邊悄聲嘟囔著生前用過的藥一邊製作。見她這樣，所有人都看傻了眼。

那些人之中，只有凡一個人趕到了艾倫身邊。他在艾倫身旁不斷打轉，焦急地希望艾倫快發現他。看樣子，艾倫的魔力形成了防護壁，凡已經無法再更靠近她了。

羅威爾是半精靈，他並沒有大精靈那樣的能力，因此並未察覺異樣。可是既然凡因為艾倫這個狀態如此焦急，代表事情或許並不樂觀。

持續釋放如此龐大的力量，艾倫確實有可能會昏倒。羅威爾回過神來，急忙大吼：

「艾倫！艾倫！快停下來！」

艾倫是女神之子，但她也是半個人類，同時還是個小孩子。

這時候，艾倫高舉雙手，大喊了一聲。

接著，一道光射出，羅威爾等人因刺眼而閉上眼睛。等眼睛習慣了之後，眾人仔細一看，發現艾倫抱著一個容量大到一名孩童無法環抱的瓶子，瓶子裡裝著滿滿的顆粒狀物體。

「完成了～～！」

聽見艾倫發自心底的喜悅聲音，在場眾人紛紛回神。

「艾倫！」

艾倫身子一軟倒下，羅威爾急忙上前抱住她。

艾倫的臉很紅。羅威爾摸了摸她的額頭，發現她正發著高燒。

竟不惜讓身體變成這樣，她究竟在做些什麼呢？羅威爾心中的憤怒不斷湧出，當他就要直接脫口責罵艾倫時，艾倫卻頂著紅潤的臉龐，呵呵笑道：

「爸爸……藥完成了……」

這句欣喜的話說得氣若游絲，想必是用盡力氣了。那讓羅威爾既憤怒又心痛，一句話也說不出來了。為什麼要做到這種地步呢？羅威爾不解地抱緊艾倫。

艾倫說她把藥做好了。換句話說，她製作要給礦工的藥，做到耗盡了力氣。

「唔耶耶耶……豪熱……」

艾倫全身癱軟，而且正在發燒。羅威爾急忙準備將艾倫帶到奧莉珍身邊，但艾倫卻說了聲：「等等……」

「……怎麼了？」

「那個……最右邊的瓶子……」

「這個嗎？」

現場有好幾個瓶子，瓶中裝的顆粒不論顏色和形狀都各有不同。

「請把它……一粒……分成三等份，給我吃其中一份……」

羅威爾搞不懂艾倫幹嘛說這些，腦袋一片混亂。

「那斯……退燒藥……智慧熱……」

她斷斷續續說出自己的症狀。正當羅威爾就要開口說「這怎麼可能是智慧熱」時，馬上轉移來到他們身邊的奧莉珍對他開口：

「照著她說的做吧。」

奧莉珍的眼神非常認真，但那卻讓羅威爾氣急敗壞，心裡只想著「妳明知道會變成這樣，卻默不吭聲嗎？」

奧莉珍立刻把水壺拿來，將水倒進杯子裡。羅威爾則把敲碎的一粒藥連同水一起讓艾倫吞下。

「窩累了……碎一下……」

說完，隨著艾倫安穩地睡著，周遭的魔力也跟著消散。

在場所有人都不敢出聲。

大精靈們看著艾倫的眼神，表露出他們對女神之子的力量的敬畏。

「比我想的還厲害呢……」

奧莉珍輕聲說，這句話讓羅威爾回過神來。他幾乎就要大吼出聲，但奧莉珍立刻察覺了這件事，機警地發出「噓」的聲音，堵住他的嘴。

「艾倫的力量和成長速度不成比例。」

「……妳說什麼？」

「其實應該要在更早之前就掌握艾倫的力量，可是你會出手阻止對吧？」

「妳這是什麼意思……？」

「我很想知道艾倫的極限在哪裡。對不起，讓你因此忍耐。」

奧莉珍說著，對羅威爾落下一吻，然後也在艾倫的額頭上留下一吻。

「我得找姊姊們商量才行。」

奧莉珍將艾倫從羅威爾懷中抱過來，帶她到她的床上。

但她在途中發現這間房間已經半毀，只好請大精靈準備其他房間。

「所以奧莉是在試探艾倫嗎……？」

羅威爾一個人留在半毀的房間裡，愕然佇立了好一陣子。

心。

＊

艾倫醒來後，無力感持續了好一陣子。儘管如此，成功做出滿意的成品，她感到非常開心。

「艾倫，爸爸有話要說。」

但當她看見羅威爾眼中沒有任何情感時，不禁往後退了一步。她知道自己會被罵。

「妳不知道自己做了什麼吧？」

「呃……我……」

「不吃不喝，把自己關在房裡，大家都在擔心妳！」

說教就這麼持續了好一段時間，艾倫自己也不是沒有自覺，所以一句話都無法反駁。

「以後不許妳勉強自己。要是妳再犯，我就不帶妳到凡克萊福特家去了。」

「什麼～！」

見艾倫發出不滿，羅威爾立刻罵了一聲「不乖」。

「原來我的艾倫不懂爸爸有多麼擔心啊……」

羅威爾陷入沮喪，艾倫嚇了一跳。

「……爸爸？」

羅威爾的樣子不太尋常，艾倫在驚慌之下，下意識開始尋找母親。馬上注意到這件事的奧莉珍於是利用轉移現身。

「羅威爾也真是的……看來妳昏倒這件事給他的打擊真的很大。」

「媽媽？」

「艾倫，以後要使用能力的時候，一定要得到爸爸或我的許可喲。然後還要在我們的視線範圍內使用。」

「咦？為什麼？」

「因為這次妳昏倒，羅威爾很難過自己沒能阻止妳呀～」

奧莉珍笑嘻嘻的，卻也好好地說出了這麼做的原因。

「妳還沒學會確實控制自己的能力，所以以後要慢慢練習喲。」

「好、好的……？」

艾倫猜想大概是自己做得太過火昏倒，所以才有了這個約定。她馬上接受了這個處置。

「對不起……」

她失落地垂下頭，總算明白自己讓所有人擔心了。

奧莉珍見狀也不忘誇讚她。

「不過，真虧妳有辦法做出這種東西呢。不愧是我的孩子。」

因為逞強亂來，艾倫被從頭罵到尾，實在沒想到會被誇獎。她瞬間顯露驚訝，但下一秒

馬上轉為害臊。

「但就這樣把這些藥交給人類還是不太好，這部分我們大家一起協商吧。」

「好！」

艾倫精神飽滿地回應，羅威爾卻緩慢地抬起頭來，整張臉都垮了。

「艾倫不肯同理我的心情……」

「爸爸，你幹嘛突然鬧彆扭……」

「如果我的心跳停止，那一定是艾倫害的……」

「我才不會做那種事！」

「妳會～～艾倫是笨蛋～～」

羅威爾抱緊艾倫。

「艾倫，畢竟妳讓爸爸操心了，今天一天就讓他抱著當作賠罪吧。」

奧莉珍邊笑邊提議，艾倫雖然一瞬間覺得不合理，但羅威爾的確感覺很失落，她也就不再說話了。

畢竟艾倫也抱著讓人擔心了的罪惡感，她乖乖點頭答應。

＊

之後，艾倫都會跟著羅威爾和索沃爾前往凡克萊福特家名下的礦山。儘管第一天搞砸了許多事，她現在會在每次造訪時都多變出一些能開採的東西。

艾倫在銀山裡變出少量的慶伯利岩，也變出跟銀礦具有高度親和性的自然金。有許多自然金中含有銀，因此不會顯得不自然。

她就這樣一點一點反覆作業，生成的量已經夠在未來一年慢慢開採了。

要是一口氣挖完就太不划算了，所以開採作業只由少數人進行。

一開始開採出了鑽石和黃金，可以想見有人會乘著掏金潮而來。

凡克萊福特家名下的這座礦山不大，要是一口氣全面開採，就會弄得到處都是坑洞。更重要的是，他們並沒有這麼重視礦山的收益，只要能成為一筆不無小補的收入來源那就行了。

所以礦工也由服侍凡克萊福特家的人擔任。昔日礦工的人數不多，那些人一邊接受艾倫的治療，一邊負起下達指示的工作。

前往礦山之後，他們還會造訪礦工的家，給他們治療的藥物。

人在銀山中工作，尤其容易因毒氣和水銀中毒，還得提防粉塵引起的呼吸系統疾病以及各種礦物毒。有時礦物還會滲入水源，變成毒物。

艾倫仔細檢查過這些地方，用心管理礦工們的健康狀態。

她按照症狀，給予止痛藥、抗生素、感冒藥和抗過敏劑。

艾倫在生前玩過一種遊戲，那就是——計算醫院的處方藥、藥局就有賣的藥等等的成分，得出要調製全體藥劑的劑量是多少。她有好一陣子都把這當作遊戲在玩。

即使是功效相同的藥，根據廠商不同，就會有不同的劑量。她只是想算出平均，找出怎麼調和才是正常的而已。當然了，藥物的化學式她也粗淺地研讀過。

要是把這件事告訴別人，大多數的人都會退避三舍，她也就選擇不說，但她實在沒想到會在這種時候派上用場。

與其說她是個研究員，不如說，只要是數理系出身的人，就會有一種一旦看到化學式就會忍不住想確認的病。

艾倫觀察礦工的身體狀況，偷偷將他們體內的毒素從體內排出，並給予藥物。不知不覺間，她便得到了「治療的公主」這個小名。

# 第五話　凡克萊福特家

從某天開始，拉菲莉亞搖身一變，成了一位「大小姐」。

凡克萊福特的領主是索沃爾・凡克萊福特，這個男人同時也是拉菲莉亞的父親。

拉菲莉亞在八歲之前，與母親一起生長於市井。之所以會如此，是因為凡克萊福特家迎娶了王室第二公主——艾齊兒，作為索沃爾的正妻。而這位艾齊兒是個非常奢侈浪費並且貪婪的女人。

幾經曲折，艾齊兒和索沃爾成功離婚，索沃爾這才開開心心地將拉菲莉亞和她的母親接回家中。

拉菲莉亞的生活從此煥然一新。

拉菲莉亞從小生長在市井，是個與「高雅」大相徑庭的活潑女孩，雖然成了「大小姐」，但她每天都被淑女的課題追著跑。

凡克萊福特領是個孕育了許多騎士的地方，領地內也設有類似養成所的機關。至於學院這種學校設施，則是設在貝倫杜爾領內。學生在十二歲到十六歲這段期間於學院習得基礎，

從騎士科畢業之後，就能進入凡克萊福特領的騎士塔累積實績。

拉菲莉亞的母親——艾莉雅的娘家，在騎士塔附近開了一間餐館，從見習騎士到侍奉凡克萊福特家的騎士們都會到那裡用餐。

艾莉雅和索沃爾就是在那裡相識的。

在艾莉雅和拉菲莉亞踏進凡克萊福特家門之前，眾人首先正式舉辦了一場索沃爾和艾莉雅的婚禮。

然而，艾莉雅卻有了不忠的疑慮，遭到女神定罪。

定罪僅止於警告，但知曉此事的凡克萊福特家族中的人，卻認為艾莉雅對索沃爾不貞，因而對她冷嘲熱諷。不過，拉菲莉亞並不知道這件事。

她不懂周遭的人為何冷落母親，不滿就這麼在心頭逐漸累積。

＊

自從來到凡克萊福特家，拉菲莉亞的焦躁指數就不斷攀升。

剛開始，她還受盡旁人羨慕的眼光，成了只在故事當中見過的「大小姐」，因此開心不已。

但現實卻是學習、學習再學習……明明照常度日，卻被人說是「家族恥辱」，還一天到晚遭人監視，讓她幾乎窒息。一旦奔跑，就說她沒教養；大聲點說話就會被罵粗野；想去外面玩耍甚至會被說是野蠻。

請來當家庭教師的老師常常如此嘮叨：

「妳要忍耐，妳身為凡克萊福特家的一分子，就要接受成為淑女的教育。忘了過去在市井的生活吧，否則丟臉的人將會是領主大人和妳。」

（這算什麼！當大小姐根本一點也不好玩！）

她原本還心存少女情懷，夢想要穿著華麗的禮服去見童話故事中的王子殿下。她一直嚮往著這副光景。

但現在她卻好懷念以前從早到晚和附近的女孩子聊天，玩公主家家酒的那段時光。她好想念朋友，但要是她說想去城鎮玩耍，又會有人要她忘記那裡的生活。

（真是不敢相信！）

以前還在城鎮的時候，她住在母親的娘家，大人們總說：「如果妳不幫店裡做生意，那就出去玩吧。」然後就把人丟出去不管了。

拉菲莉亞也曾試著幫忙忙碌的店，但她畢竟是個孩子，不僅拿不動重物，因為身高不夠，連要把餐點放上桌子都是一大難題。儘管本人拚了命地想幫助忙碌的母親，卻總是做什麼都不對。大人用火的時候，還會被警告別靠太近。隨著被趕走的次數增加，她也漸漸失去幹勁。於是，在不妨礙店裡做生意的範圍內，她白天會外出玩耍，晚上也常常一個人獨處。

她的父親是領主，因為公務繁忙，鮮少造訪他們家。母親艾莉雅也要幫忙店裡做生意，所以無暇陪伴拉菲莉亞。

她常常聽見「我很忙」、「妳擋到我了」等等的話，就算想說些什麼，對方也總是一句「我晚點聽」就這麼打發她。

（我還以為和爸爸一起住之後，就不會再寂寞了……）

但她現在連朋友都見不到。對拉菲莉亞來說，踏進凡克萊福特家之後的現在反而比較孤單。

周遭的人都對拉菲莉亞說「好羨慕喔」、「要幸福喔」等等的話。

但她不禁思考——幸福是什麼？承受這種對待就是所謂的「幸福」嗎？

拉菲莉亞渴望家人團聚。她極為羨慕這種對其他家庭而言可說是理所當然的光景。

以前父親、母親總說他們很忙，沒空陪她。可是父親說了，以後會陪在她身邊，母親也開心地說過「接下來就能輕鬆過日子了」。

他們雙方都為過去冷落了拉菲莉亞道歉，那讓她打從心底感到高興。

父親、母親的婚禮就像她嚮往的童話故事一樣，是那麼美麗、夢幻。可是，自那天起，周遭的態度卻驟變，只冷落母親一個人。

（為什麼大家要用那麼冰冷的眼神看媽媽呢？）

拉菲莉亞不知道原因，但沒過多久，她就將那些冷落自己母親的人們視為敵人，萌生了叛逆之心。

剛開始，女僕們也覺得拉菲莉亞很可愛，很照顧她。可是當拉菲莉亞拜託她們善待母親，所有人卻只是苦笑，隨後離去，不願再與她扯上關係。

即使詢問伊莎貝拉奶奶原因，看見她那嚴肅的態度，拉菲莉亞也不禁退縮。

因為這位奶奶給她的第一印象和家庭教師很像，讓她不太懂得要怎麼和她相處，就算和伊莎貝拉一起喝茶，她也只會板著一張臉。

拉菲莉亞的心中充滿疑惑，只有叛逆之心不斷壯大。將近三年的時間就這麼過去了。

拉菲莉亞就這麼迎來十一歲，進入真正的叛逆期。

某一天，她聽見女僕們說「艾倫大小姐真是可愛」。

拉菲莉亞自知這陣子都沒有人稱讚她可愛。後來，她好不容易獲得許可，回到外公、外婆經營的餐廳，卻聽見客人問：「妳就是凡克萊福特家的小公主嗎？」

當時她反問對方在問什麼，那人卻說了一句「不是啊？」然後嘲笑她。

（小公主是指艾倫嗎？）

殘留在心中的不快，隨著每次聽聞「艾倫」這個名字逐漸壯大。

（什麼嘛，每個人都只知道艾倫！）

從此之後，拉菲莉亞就敵視所有家中的人，旁人也漸漸應付不了她了。遭受他人愛理不理的態度後，拉菲莉亞更覺情何以堪，也就越發叛逆。之後想當然耳，她對旁人的態度越來越尖銳。面對不聽話的拉菲莉亞，旁人當然也不再聽她說話。

但還是個孩子的她，自然不會明白這樣的惡性循環。

（我要去跟爸爸告狀！）

父親是一家之主，只要他知道這件事，一定會覺得他們很過分。當拉菲莉亞這麼想的同時，正巧看見行蹤總是難以掌握的父親，她於是朝那道背影追上去。

「爸爸！」

「拉菲莉亞？妳怎麼跑得這麼急？別人又會罵妳，說這樣不像淑女喔。」

「討厭～你們都只會說這句話！這不重要啦，爸爸！你聽我說……」

拉菲莉亞鼓起腮幫子生氣。正當她就要開始抱怨時，索沃爾首先發聲：

「拉菲莉亞，抱歉，爸爸很忙。如果妳想說什麼，就去找媽媽吧。」

索沃爾本想摸摸拉菲莉亞的頭，但拉菲莉亞卻反射性揮開他的手。

「你為什麼總是這樣！真不敢相信！」

父親總是如此，說他很忙，不願聽她說話。這讓拉菲莉亞不禁懷疑，那句「從今以後會一直陪伴她」的話會不會根本是謊言？

拉菲莉亞心中積滿了慘遭背叛的心情，忍不住跑開。她本以為索沃爾會留住她，沒想到背後卻只傳來索沃爾叫她別跑的聲音。

（我不理你了！）

但拉菲莉亞沒有發現，羅威爾就站在索沃爾身旁。

羅威爾在一旁從頭看到尾，以難以置信的眼神看著索沃爾，心想「有人會用那種態度對待有話想說的女兒嗎？」

「索沃爾……你啊……」

「怎……怎麼了？」

「人家可是急得連有客人都沒發現耶，應該是有很重要的話想對你說吧？」

「……咦？」

「我原本就覺得你獨獨不懂女人，沒想到連女兒也不懂……如果對方是男人，你明明可以馬上察覺不對勁……你該不會是故意為之吧？」

「等……大哥，你這是什麼意思啊！」

面對慌亂的索沃爾，羅威爾只是聳了聳肩，傻眼地吐出嘆息。

＊

「媽媽！」

拉菲莉亞衝到艾莉雅房前，以驚人的氣勢打開房門，裡頭的女僕嚇了一大跳。她原以為又要被罵了，於是稍微縮瑟了下身體，但一想到剛才和索沃爾的一來一往，她便頂著全身的怒氣直接朝艾莉雅走去。

「媽媽，妳聽我說！爸爸他好過分！」

「拉菲莉亞……」

但當她看到艾莉雅疲憊的樣子，頓時回過神來。她以前也常見到這樣的母親。

拉菲莉亞原以為不會再見到這樣的母親，還開心了一陣子。想到環境已經變了這麼多，父親和母親卻一點也沒變，不禁讓她悲從中來。

「媽媽，妳又喝酒了嗎？」

艾莉雅一直都是這樣，一到餐館要關門的時間，她便常常和還留著的客人喝酒。

那時已經是拉菲莉亞的就寢時間，但她偶爾會聽見店裡傳來艾莉雅開心的笑聲，就這麼被吵醒。到了早上，艾莉雅一定會像現在這樣，被宿醉弄得心情不好。

這種時候的艾莉雅通常會有暴力傾向，所以拉菲莉亞都會很小心，別在這種時候靠近她。

拉菲莉亞的外公總會責罵艾莉雅，但她每次都回答得很敷衍，也沒有要改過的意思。

（如果我學她敷衍回答，她明明就會罵人……）

或許是因為艾莉雅都會像這樣在晚上和男人談笑風生，鄰居常背地裡說她的壞話。

大人說了什麼，小孩子就會聽進耳裡，還會學他們的口氣，說給近在身旁的當事人聽。

『聽說妳媽老是對男人拋媚眼耶！』

小孩子不會知道大人使用的言詞是什麼意思，卻會敏銳地察覺那是壞話然後模仿。

拉菲莉亞聽了，也不懂那是什麼意思，不過她憑氣氛就可以清楚知道，她不能去問母親那句話的箇中含意。

所以拉菲莉亞去問了外公。卻換回一句極為憤怒的「別聽他們亂說！」她只是想知道那是什麼意思而已啊……

（因為附近的臭小鬼都這麼跟我說啊。還有私生女又是什麼意思？）

她知道這是壞話，卻不懂為什麼她非得被人這麼說不可。

「妳很吵耶……」

大概是小孩高亢的聲音引發了頭痛，艾莉雅皺緊眉頭這麼說。心情不好的艾莉雅給人的感覺和白天的她完全不同。明明在人前是那麼溫柔，她在喝了酒的隔天早上卻總是這副德性。

「我身體很不舒服耶，難道妳看不出來嗎……」

「夫人，這純粹是您喝多了，我幫您拿水來了。」

身旁的女僕立刻遞上水杯，同時語出奚落。艾莉雅聽了，還沒接過水杯就先瞪向她。

「妳很煩耶！想頂嘴嗎！」

「是小的僭越了。」

低頭道歉的女僕大概也習慣艾莉雅這副樣子了。她表現得毫無感情，若無其事。

「……媽媽？」

拉菲莉亞對母親從未有過的這般態度感到驚訝。她的母親原本是一個會用這種態度對待人的人嗎？

「妳快給我滾到其他地方去！」

有某種東西從艾莉雅手中飛了出來。拉菲莉亞一個眨眼，眼前的景象卻變成了女僕的背影。她不知道發生了什麼事，只是眨了眨眼，以為自己看錯了。

「您沒事吧，大小姐？」

「咦？嗯……」

原來艾莉雅把放在櫃子上的水杯裡的水潑向了拉菲莉亞。女僕在情急之下挺身保護她，結果圍裙整個被潑溼了，但從拉菲莉亞的角度看不見。

艾莉雅的態度糟得更勝往常，那讓拉菲莉亞不自覺後退了幾步。

「您這樣很危險，我會去叮囑廚房的人別再給您過量的酒。」

這名女僕帶著冷笑離去，她的手上不知何時已經拿著原本放在櫃子上的杯子和還剩了酒的酒瓶。

艾莉雅發現她的作為後，嘴裡急忙喊出：「妳站住！」聲音卻被房門關閉的聲音帶過。

拉菲莉亞覺得這幅光景和從前非常相似。外公和外婆經常責備過度飲酒的艾莉雅，她似乎還會擅自打開要給客人喝的酒。

來到父親家後，父親的態度沒變，母親也沒有改變。

拉菲莉亞感到心灰意冷，原本想直接離開，趴在床上的艾莉雅卻彷彿終於發現了拉菲莉亞還留在房裡似的，煩躁地叫道：

「妳到底來幹嘛？沒事就給我出去！」

艾莉雅這句話讓拉菲莉亞氣得心想「又來了」。

「我明明就是有事才來的！結果爸爸和媽媽不聽我說話，都要我到別的地方去！」

「……幹嘛啦？」

大概是因為見女兒突然發起脾氣，艾莉雅有些錯愕。

「明明就是你們不想聽我說話，還要我沒事就快走，這未免也太奇怪了吧！」

「……我完全搞不懂妳想說什麼。」

艾莉雅嘆了口氣，一邊從床上起身，一邊開口說：「快說妳有什麼事。」

眼見終於有人肯聽她說話，拉菲莉亞喜形於色，一口氣吐出她的不滿：

「爸爸他好過分！都不聽我說話！」

聽見這句話，艾莉雅的表情顯得非常無奈。她的臉上寫滿了「就只是為了這種小事」的不耐。儘管如此，剛才和女僕那般一來一往似乎讓她的頭腦多少清醒了一點。

她嘆了一口氣，告誡般地對拉菲莉亞開口：

「因為那個人很忙，這也沒辦法吧？我不是一直都這麼跟妳說嗎？」

「可是媽媽不覺得奇怪嗎？爸爸以前不是都說因為他很忙，所以不能跟我們一起生活嗎？現在明明住在一起了，為什麼還是和以前一樣？」

拉菲莉亞覺得自己的疑問很正當。環境明明變了這麼多，為什麼凡事還是和從前一樣？不對，她甚至覺得比以往更糟了。

「先別說這個了，妳爸爸他回來了嗎？」

「嗯。」

「……我問妳，大哥有在他旁邊嗎？」

「咦？」

艾莉雅說的是羅威爾伯父嗎？

「……我不知道。」

「是嗎……」

見母親聽聞羅威爾不在時那副失望的神情，拉菲莉亞總有種不好的感覺，於是急忙把話題拉回。

「然後啊，大家還一直叫我念書念書念書……要是不乖乖念書，就說我是家族之恥！這裡是我家吧？為什麼我非得被人這麼說啊！」

拉菲莉亞以為艾莉雅總算恢復正常，鼓足氣勢這麼問。說完之後，她才想到這一番話大概會引來責罵，不禁繃緊了身體，沒想到艾莉雅卻說：

「別去管那種事情不就好了？」

「……咦？可以不管嗎？」

「拉菲莉亞，我跟妳說，我們已經是貴族了喔。」

「這個我聽爸爸說過了……」

「所謂的貴族就是高高在上的人，想做什麼都可以喔。因為妳高高在上，別人都不能罵妳。」

「咦？是這樣嗎？」

「我們已經是貴族了，所以能罵我們的人頂多也只有爸爸，然後可以罵爸爸的人也只有國王。爸爸就是這麼偉大的人。」

「可是不管再怎麼偉大，我卻老是被罵耶？」

「那是因為妳被人家看扁了。」

「……我被看扁了？」

「吶，拉菲莉亞，妳回想一下。妳也被人家說過吧？說是私生女。」

「為什麼媽媽妳會知道？」

「因為我明明毫無疑問是正妻，卻總是被人瞧不起。」

「……？」

艾莉雅似乎呢喃著什麼，但太過小聲，拉菲莉亞並未聽清楚她說了什麼。

然而她似乎逐漸無法壓抑自己的感情，一聲嗚咽就這麼傳進拉菲莉亞耳裡。

「媽、媽媽……？」

母親在哭泣，拉菲莉亞看了一陣慌亂，不知該如何是好。看來艾莉雅也和她一樣，有著某種煩惱。

「我明明只是想和大哥和睦相處而已……為什麼要受到這種對待？」

「……咦？」

「拉菲莉亞，妳聽我說。我只是想跟爸爸的家人好好相處而已，因為我們是住在同一個屋簷下的家人啊……」

「……嗯。」

拉菲莉亞立刻聽懂了母親指的是伊莎貝拉，也就是索沃爾的母親，以及羅威爾這位索沃爾的哥哥。她能明白母親的話，畢竟她自己也在努力討人歡心，結果卻跟念書一樣不盡人意。

她無法忍受如果行為舉止不像個淑女，就要被冷眼對待這種事。

「太過分了，他們都聯合起來……」

「過分？媽媽，這是什麼意思……？」

孩子會看著父母的背影成長。那是因為不論好壞，父母永遠是孩子的憧憬。

就在這個時候，門邊傳來一道咳嗽聲，拉菲莉亞她們這才往房門看去。

只見伊莎貝拉頂著一張可怕的表情站在那裡。

「走廊都聽得見妳們的聲音喔。」

儘管拉菲莉亞很好奇母親那句話的後續，還是選擇在被罵之前離開了房間。畢竟，她真的不知道要怎麼和伊莎貝拉相處。

拉菲莉亞關起房門，嘆了一口氣，準備回到自己的房間。這時，伊莎貝拉的聲音穿透房門，傳進她的耳裡。

『妳這個人總是這樣。為什麼不以夫人的身分迎接索沃爾回家呢？』

拉菲莉亞以為伊莎貝拉在欺負艾莉雅，一氣之下就要闖進房間。

『……因為那個人不在不是嗎？』

『那個人？』

『如果大哥不在，那就算了……』

『妳怎麼可以說這種話！』

母親說了「那個人」。還說如果「大哥」不在，就不去迎接父親回家？

母親在說些什麼呢？過分？比起父親，優先伯父很過分？

拉菲莉亞一陣冷顫。她不想知道。她覺得自己不能去了解。

儘管腦袋就快明白什麼了，她卻不想再深究，選擇逃回自己的房間。

＊

伊莎貝拉頂著盛怒來到索沃爾的工作室。

她發出偌大的開門聲響走進室內，在裡頭的羅倫和索沃爾雙雙訝異地看著她。

伊莎貝拉立刻詢問羅威爾剛才是否有來，索沃爾聽了於是回答：「大哥已經走了喔。」

「羅倫，你迴避一下。」

「遵命。」

伊莎貝拉的怒氣似乎讓羅倫察覺到什麼了，他馬上離開工作室。

「……母親？」

「索沃爾！那個人到底是怎樣！」

索沃爾聽出伊莎貝拉所指的對象是艾莉雅，眉頭不禁緊皺。

「……我才想問呢。」

「你為什麼總是容許她那樣！」

三年前的那天之後，儘管索沃爾說他想相信艾莉雅，內心深處卻逐漸無法再繼續相信她。

如果艾莉雅如她當初所說「愛著索沃爾」，並為索沃爾著想，周遭看待她的眼光應該就會改變。然而艾莉雅卻絲毫不反省，對羅威爾的執著反而更顯露骨。

她無法接受自己受到女神定罪，始終主張自己沒有過錯，不思悔改，永遠堅持自己只是希望羅威爾喜歡身為家人的自己。

既然如此主張，為什麼不好好支持身為家人，同時也是丈夫的索沃爾呢？伊莎貝拉總是和她爭論這件事。

「索沃爾，跟她離婚吧。她那樣已經不行了……」

伊莎貝拉傷心地說，索沃爾卻低下頭。

「可是拉菲莉亞……」

「你放不下拉菲莉亞嗎？拉菲莉亞是家族繼承人，不要還給她就行了啊。」

「……母親，妳分明很清楚。」

「…………」

見索沃爾苦笑，伊莎貝拉一句話都答不出來。

如今拉菲莉亞依存母親，仇視宅邸的每個人。

而且接受貴族的教育也有三年了，他們很清楚，這孩子並不適合這樣的環境。

「我應付不了拉菲莉亞也是事實。」

當艾齊兒還在凡克萊福特家的時候，索沃爾怕艾齊兒報復，因此始終不敢讓艾莉雅和拉菲莉亞踏進家門。

艾齊兒之所以僅止於輕視艾莉雅，是因為索沃爾沒有再去找過艾莉雅。

因為過於重視對方，索沃爾從她們的生活退出了。拉菲莉亞就這樣在父親不在的環境下成長。

當索沃爾回過神來，拉菲莉亞已經長大，他自己也變得不知該如何對待這個女兒了。

這件事隨著羅威爾等人回了家而為之一變。正當索沃爾以為一切終於能步上正軌，卻發現艾莉雅被女神定罪了。

「……我已經決定要把拉菲莉亞送進學院了。」

「哎呀。」

「她會進入淑女科。她不在這個家或許會比較好。她看到其他貴族，說不定就會萌生貴族的自覺了。」

「如果還是沒有呢？」

「……那就跟母親一起送回市井。」

「……這樣啊。」

伊莎貝拉闔起手上的扇子，似乎是妥協了。

當扇子的聲音響徹靜默的室內，這個話題也就形同結束，但索沃爾實在按捺不住想問問題的心情。

「……母親，為什麼拉菲莉亞會這麼不聽話呢？」

「你怎麼突然問這個？」

「艾倫明明那麼乖，為什麼拉菲莉亞卻是這樣呢？」

「你這句話是認真的嗎？」

伊莎貝拉一臉驚訝，看得索沃爾也跟著訝異。

「不准你拿艾倫和拉菲莉亞相比！」

伊莎貝拉一聲喝道，索沃爾不禁眨了眨眼。

「艾倫接受的是成為精靈界女王的教育，拿她和拉菲莉亞相比本身就有問題！」

「女王……」

索沃爾驚訝地唸道，似乎是忘了這件事。伊莎貝拉一臉錯愕，以難過的表情說：「你沒發現吧？」

「艾倫明明很親人，卻從來沒說過她想見見那個血脈相連的同齡女孩，你知道這是為什麼嗎？」

索沃爾聽了伊莎貝拉的話，嘟囔了一句：「的確……」

「她是為了不讓艾莉雅有機會透過拉菲莉亞和羅威爾見面啊。你覺得一個連貴族的社交場合都沒去過的女孩子，有可能會注意到這種事嗎？」

伊莎貝拉隨後補了一句：「你也沒發現吧？」這讓索沃爾臉上堆滿了驚訝。

「艾倫是個特別的孩子。那孩子很仔細觀察大人，然後會接著採取必要的行動。我聽說她甚至有辦法跟國王平起平坐對話不是嗎？你說，拉菲利亞辦得到這種事嗎？」

「…………」

「父親會覺得女兒難以應付是很正常的事。養育兒子的是父親，養育女兒則是母親的職責。你不也是看著父親的背影長大的嗎？」

「……是。」

「可是艾莉雅已經放棄她的職責了。其實我也想教育拉菲莉亞，可惜我被她討厭了……」

總說想要一個孫女的伊莎貝拉落寞地說。

在這幢宅邸裡的所有人都想盡辦法了，但拉菲莉亞她們就是不懂眾人的用心。

「如果當事人不想改變，那也是枉然。」

伊莎貝拉難過地說。但她這句話並不是只針對艾莉雅她們。

她希望索沃爾也能自己察覺，只可惜還沒能如願。

*

艾倫的訪問進行得非常低調。

索沃爾在事前若無其事地將需要治療的人集中起來，接著再由艾倫一口氣醫治。

這個世界的治療技術非常有限，如果不用名為藥草的香草當藥品，就只剩下向精靈祈禱這種超自然的做法。「直接治癒患部」這種魔法，只有職掌生命的大精靈——列本，以及執掌治療的庫立侖才會施展。

艾倫做出各式各樣的藥物之後，庫立侖非常感興趣。精靈和人類從根本上而言，構造完全不同，並不存在所謂的「生病」這種概念。對艾倫來說，這點反而更令她驚訝。

從第一次涉足礦山後算起已經過了半年。這段期間，他們在凡克萊福特領內設置了治療院，過著忙碌的每一天。

*

今天也一樣，艾倫在領地內結束治療，正和羅威爾他們一起準備返回宅邸。途中，索沃爾摸了摸她的頭。

「多虧有妳的藥。我收到報告，說領地內的死亡人數大幅減少了，真的很謝謝妳。」

艾倫一邊被索沃爾溫柔地摸著頭，一邊真切感受著自己的存在意義。雖然看見精靈們開心的樣子也會如此，但是看見身邊的人開心的模樣更讓她單純地感到喜悅。

「……嘿嘿嘿！」

儘管有些害羞，她還是詢問了關於農作物的肥料的事。

半年前，她建議一邊讓土地休息，一邊耕作，此外還說到了肥料的事，現在差不多是要有所收穫的時候了。

「那個啊？那是羅倫負責統籌的。他很開心地說過今年八成會豐收喔。」

索沃爾再度撫摸艾倫的頭，她這才放下心來。

「真不愧是我的女兒！」

此時羅威爾突然從旁抱緊她，讓她痛苦得發出呻吟。

「唔咕！」

「……大哥，艾倫看起來很難受。」

接著，索沃爾直接從羅威爾手中搶過艾倫，將她抱起來。

最近索沃爾常常像這樣，從羅威爾手中幫助艾倫逃脫，然後一定會讓艾倫坐在自己的左肩。索沃爾的體態結實，就算艾倫坐在肩上，依舊站得很穩。

而且精靈的體重只有人類的兩成，非常輕盈，不過就算是這樣依然很厲害就是了。

體型纖細的羅威爾做不到這件事，因此每當艾倫坐到索沃爾肩上，便會非常開心。

「嘻嘻！」

她一臉滿足地把頭靠在索沃爾頭上，羅威爾看了，忿恨不平地咬著牙齒，帥氣的臉龐全毀了。

「艾倫！爸爸的肩膀也可以給妳坐喔！」

「爸爸你比較矮，不用了。」

「好傷心！」

正當羅威爾忙著磨練如何搗毀帥氣的臉龐時，奧莉珍突然憑空降落在他的身後。

除非有人呼喚，否則奧莉珍基本上不會出現，這可說是非常稀奇。艾倫和羅威爾吃了一驚，不解她怎麼突然來了，只見奧莉珍垂著八字眉，樣子忸忸怩怩。

「……奧莉？妳怎麼突然出現了？」

羅威爾變回帥氣的臉龐問道。

他撩起低著頭的奧莉珍的一束頭髮，輕輕落下一吻，那畫面可說是如詩如畫。剛剛才自己說出「好傷心」三個字的男人，下一秒卻變成了這個樣子。

不過索沃爾和艾倫也很訝異奧莉珍會突然出現在這裡。

「……家也……」

「奧莉？」

「人家果然還是想和你們一起工作啦～！」

堂堂精靈王嘴裡喊出：「好詐！」

「媽媽，不行啦。」

「我不要！艾倫妳這個壞蛋！」

「請妳等一下，媽媽，妳在哪裡學會這種說法的？」

「咦？什麼？壞蛋是什麼意思？」

「就是形容一個人壞心眼……不對啦！」

「媽媽我每天都有在學習喲！」

「妳們等一下，我以前也看過妳們這種對話！」

羅威爾斥責奧莉珍，要她不要學小孩胡鬧，奧莉珍卻開始鬧彆扭討價還價。

「我本來很擔心，所以只在一邊默默看著，沒想到艾倫你們根本很樂在其中，媽媽很在意啊！我也想加入啦！」

「媽媽，這是工作。而且有妳在，旁人會受很大的影響……況且妳打算放著那個支撐世界的重要工作不管嗎？」

「我不管啦……」

聽見這毫無霸氣的聲音，羅威爾一陣飄飄然，察覺奧莉珍只是想撒嬌，臉上轉而露出笑容。

「奧莉，過來吧。」

羅威爾用盡全力寵溺失落的奧莉珍。總之，說服的工作就交給羅威爾，坐在索沃爾肩上的艾倫則向他道了聲歉。

「我要跟爸爸一起溺愛媽媽，所以就先回去了喔！」

「這樣啊。」

索沃爾輕笑了一聲，慢慢放下艾倫。艾倫道謝，行了淑女之禮之後便往羅威爾他們身邊跑去。

索沃爾覺得這幅光景實在令人欣慰，雖然只有一下下，他還是想起了自己的家人。

想起拉菲莉亞白天的態度，他決定回到宅邸後要好好面對她。

沒想到當索沃爾報告自己已經結束工作，回到家了，拉菲莉亞卻表示她和他無話可說。

這天，索沃爾嘗到了熱臉貼冷屁股的滋味。

這時，索沃爾親身體會到——倘若當下沒有妥善處理，後續就會變得很麻煩。

就這樣，儘管發生了很多事，艾倫和所有人都相處都很平穩。

然而這種藥的存在不可能不會傳到王室的耳裡。

動盪的氣氛就像萬里無雲的晴天變化成陰天一樣，開始悄悄逼近。

# 第六話　藥的傳聞

某個傳聞正在汀巴爾王國的一隅緩緩擴散。

事情是由在各地輾轉的旅人和商人們的談話開始傳開。

這被傳得使人半信半疑的傳言，對某個正為問題煩惱的家族來說，就像一線光明。

某位商人和家人一邊旅行，一邊經商。

當他們經過凡克萊福特領時，他們的獨生子染上了傳染病。

他們慌慌張張地奔入領地內的治療院。

「請把令郎交給我們照顧三天時間吧。這沒什麼，馬上就會好了。」

那名治療師這麼說，但他們卻心存疑惑。那名治療師的表情非常從容，要求他們讓兒子住院。要和孩子分離，讓他們感到可疑，於是請求治療師讓他們陪在孩子身邊。

「要是令郎的病傳染給你們那就傷腦筋了，請恕我無法答應。不過，你們可以每天過來探望他。」

治療師的說詞合情合理。他們見兒子那般痛苦，只好低頭首肯。正好在這個時候，似乎有位大人物來到了治療院，使得這名治療師急忙結束了孩子的診療。

「我會請別人過來，請讓令郎就這樣躺著。」

看著治療師慌慌張張跑出去的背影，這對父母呆愣在原地，同時也開始感到不安，不知是否該讓兒子在這裡接受治療。

母親擔憂地撫摸正在發燒的兒子的頭，父親看著她的側臉，提議是否要帶兒子去別的地方就醫。

「果然應該這麼做嗎……」

他們不安地環伺周圍，然後發現了一股異樣。

這間房間非常明亮而且整潔，他們記憶中的治療院並不是這麼乾淨的場所。

「可是……這裡很乾淨呢。」

「不知道有沒有其他患者？」

他們悄悄窺探被簾子隔開的隔壁病床，那張床上也躺著其他患者。那名男病患似乎也發燒了，臉龐紅得跟兒子一樣，不過他睡得很安穩。

這對父母小心地不發出聲響偷偷看向周遭，發現有許多病患都躺在病床上。

「會不會太多人了啊？」

「是、是啊。的確是……」

一間可說是大房間的空間，病床數量多到大約可收容十人。

病床之間都用簾子隔開了，如果不探出身子，根本看不見躺在隔壁病床的人的臉。

父親以商人的眼光再次評估整個環境。從室內的裝潢來看，這應該是一幢新的建築物，牆上開了很多扇窗戶，柔和的陽光透過質地不厚的窗簾灑滿整間房間。更重要的是，床單乾淨且潔白。

桌上插著薰衣草，室內充滿一股淡香，這和他們過去看過的治療院完全不同。其他治療院非常陰暗，而且空氣都會中飄盪著藥劑特有的惡臭，甚至還有一些治療師為了向精靈祈禱，當場就會開始焚香。

「親愛的……我總覺得這個治療院是個很不可思議的場所。」

「是、是啊……」

父親止不住好奇心，回到大病房隔壁的診間，重新用商人的眼光評估。他首先看了書架和桌子。乍看之下，可以發現那裡整理有致，沒有太多物品，極為簡樸。不過仔細一看，會發現羽毛筆、墨水瓶、紙鎮上頭都有小小的裝飾，簡單卻有品味。

「……我們搞不好會被敲詐。」

「咦！你說什麼！」

母親聽了父親的話一陣驚訝，也不管旁邊還有睡著的病人，直接發出驚叫。

這時候，一陣敲門聲從入口的門傳來。看來是有人聽到母親的驚叫，前來查看原委了。

「……怎麼了嗎？」

門邊站著兩名看似貴族的男性，以及一名從男性身後探頭窺伺的美麗小女孩。

「……請問兩位是患者的家人嗎？」

女孩的眼眸是非常美麗的紫色。改變角度再看過去，甚至會產生顏色變了的錯覺。被那對宛若寶石的眼睛注視著，這對父母回過了神來。

兩名男性的長相和女孩一樣非常出色。他們兩人的長相有著幾分相似，或許是親戚關係也說不定。

他們一個人有著嚴厲的外表，另一個人則是和少女有著相同的髮色和眼睛。後者的相貌也非常俊俏，這名青年和少女是兄妹嗎？

「是……是啊……小犬發燒了。抱歉，吵到你們了。」

「真對不起。」

「這位是你們的孩子嗎？」

這名歪著頭詢問的少女，從身高來判斷大概八歲左右。大概不是和他們的兒子同年，就是更年幼。

母親回答躺在病床上的是他們今年即將滿十歲的兒子，而這對父母身旁的少女將視線轉向紅著一張臉躺在床上睡覺的孩子，然後仔細觀察起這名孩童的臉。

「要是被傳染就糟了。」

少女開口要母親別靠得太近，接著毫不畏懼地把手放在孩子的額頭上。

「燒得好厲害……扁桃腺也腫起來了。不好意思，請問令郎是什麼時候開始發燒的？」

「咦？呃、我想想……是今早。他昨天晚上就開始不太舒服了，到了早上開始高燒，所以我們才急忙趕來求診。」

「發燒前有咳嗽嗎？或是最近幾天有接觸到咳嗽的人嗎？」

少女接二連三向這對父母拋出問題。聽完他們語無倫次的回答後，少女將某種東西交給了不知何時在他們身後待命的剛才那名離場了的治療師。

「快點讓他服下退燒藥，他不能再燒下去了。流了這麼多汗，還要注意脫水。如果有咳嗽症狀，就請你下達指示，把他盡快移動到個人房去。」

「我明白了。」

沒想到治療師居然乖乖聽從少女的吩咐。正當這對父母一愣一愣地看著眼前的光景時，少女對站在身後的貴族開口了。

「爸爸，請給我藥。退燒藥和感冒藥。」

「我看看……這個嗎？」

「對，謝謝爸爸。」

見少女喊青年爸爸，這對父母很是吃驚。因為青年的年紀看起來非常輕，實在不像個有將近十歲的孩子的人。

少女不顧這對父母的訝異，將見都沒見過的圓形顆粒——她稱之為藥的東西用小刀俐落

地敲碎。

「這樣一顆是大人的分量，小孩的用量是三分之一，一天兩次，先間隔十二個小時觀察情況吧。」

「是。」

「止痛藥也有退燒的效用，就先用這個吧。請在吃完東西之後再吃藥。其他患者的份請統一向羅倫索取。」

「公主殿下，感謝您始終這麼費心。」

治療師畢恭畢敬地從少女手中拿過藥劑，他的態度讓這對父母看得目瞪口呆。

「你們實在是非常幸運，居然能獲公主殿下親自診療。」

「那……那個……你說的公主殿下是？」

這對父母以為他們是王公貴族，戰戰兢兢地問。此時少女卻漲紅了臉反駁：

「我才不是公主！」

儘管她鼓起腮幫子生氣，這對父母卻馬上看出那是源自難為情的怒氣。

這名男性商人就只有這麼一個兒子，母親則很想要有一個女兒，因此她欣慰地看著那張可愛的臉蛋。

「公主殿下，您可是被人尊稱為治療的公主喲。」

「討厭！我明明就叫你們別這麼叫了！」

少女怒氣沖沖地敲打治療師的背。

治療師笑著說了聲抱歉。見到如此欣慰的光景，這對父母鬆了一口氣，完全忘了直到剛才為止的疑慮。

「我想令郎這是感冒，這兩三天請你們觀察一下情況吧。」

「好、好的……」

說完，少女他們離開房間，這對父母只是一愣一愣地目送他們。

「身材高大的那位是凡克萊福特家的當家——索沃爾大人喔。你們是從外地來的，應該很驚訝吧？」

治療師哈哈笑道，這對父母聽了卻非常訝異。

凡克萊福特家是公爵世家。他們的爵位在貴族當中也是最為接近王族的存在，同時也是這個國家最有名的英雄——羅威爾的老家。

「而且你們還見到英雄和公主殿下了，運氣真的很好。」

治療師隨後說出的這句話，讓這對父母感到頭昏眼花。

＊

之後過了一個月，這名商人來到靠近汀巴爾王國後巷的旅店，與一名事先聯絡好的男人

見面。

他在昏暗的房內向戴著兜帽的男人報告。

「你是說，吃了當時拿到的藥之後，過了三天病就好了？」

「就是說啊！隔天小犬的燒就退了！我真的嚇了一跳。傳聞那是有精靈加護的藥，看來是真的了。」

這名商人看藥劑的療效如此驚人，還去交涉能否拿一點來做生意。

「你要把公主殿下的藥拿去賣？」

沒想到隨後那名治療師的態度驟變，他才急忙補了一句：「開玩笑的。」

「我也在周遭打聽過了，別的地方的人都說凡克萊福特家有個醫術高明的治療師，據說是公主殿下發現那名治療師的……不過這部分就是謠傳了。那些治療師們感覺都知道內情，表現非常團結，沒有人鬆口。」

「……嗯。」

「我本來還以為那個人是跟會用魔法治療的精靈締結了契約呢，不過看來應該是個藥師。」

「……這樣啊。那麼，那名少女的長相呢？」

這名男性商人聽了，一一向對方報告。

＊

有個男宮廷治療師聽說了傳聞。

據說凡克萊福特領正在流行一種奇蹟之藥、神之藥。

男人嘆了一口氣，他有著非得確認傳聞真假的理由。可是像這般被瘋傳的藥品，幾乎都是空穴來風。

然而，他沒想到越查，可信度就越高。這到底是怎麼一回事？他簡直不敢置信。

「難道是真的……？」

身為治療師，他還只是初出茅廬，所以他完全不認為上頭會批准自己的請求。沒想到他抱著姑且一試的心態，提出調查藥品的請願書之後，竟收到了陛下的傳喚。

男人眼前的是這個國家的國王，他正上下打量著自己。

國王笑容滿面，乍看之下似乎心情很好，男人卻渾身顫抖。

他並不是因為陛下在眼前而感到緊張，反而比較像是感到恐懼。他自己也不知道為什麼會如此。

「我看過你的請願書了。」

拉比西耶爾笑著指向請願書。男人出聲回應國王，沒想到出口的聲音卻小聲到幾乎聽不

見。

令人感到不快的汗水不斷流出。這樣的機會明明不可多得，為什麼他會覺得這麼可怕呢？

「這種藥的確讓人很在意，可是像你這樣的人怎麼會想追查？」

「如……如果陛下准許小人發言……」

「算了，你不用回答。因為我已經調查過了。」

明明發問了，卻又若無其事地拒絕別人發言，甚至不給人說話的空隙。男人年紀輕輕，卻比平常人經歷過更多大風大浪，因此他馬上察覺——陛下臉上雖然掛著笑容，但他其實正在生氣。

如果是對他提出請願書這件事感到不快，為什麼不是上司把他叫過去？為什麼陛下要親自……男人想不通這點，拉比西耶爾則愉悅地開口：

「你很想要這種藥對吧？為了你的母親。」

「我都說不行了，沒想到你還再三要求，真有膽。好啊，我准了。」

「……請允許小人發言。」

拉比西耶爾滑稽地笑，男人則抱著魚死網破的挑戰心態看著他說：

「小人承認這的確是一份摻雜了私慾的請願書，但如果這個藥真如傳言所說，那小人認為對國家更是一件好事。」

「哦？」

「小人聽說商人已經開始行動，企圖從坊間取得這種藥。倘若再不跟上腳步，將有損宮廷治療師的聲望！」

「是喔～」

「那藥能用在許多地方，如果不掌握這種藥的實際狀況，傳言將會越傳越誇張，到時候難以預料會發生什麼事，過去也曾經有邪教利用藥物鬧事。若事實真是如此，我們也能及早應付。」

「凡克萊福特領搞邪教啊……」

拉比西耶爾因為覺得荒謬而發出竊笑，男人只能在原地呆若木雞地看著。

「難以預料會發生什麼事……嗎……」

拉比西耶爾思考了半晌，忽然正眼對著男人，開朗地說了聲：「好啊。」

「什……呃、真……」

男人差點大喊出「真的嗎！」但還是挺直了背，提醒自己冷靜。見男人如此，拉比西耶爾似乎感到欣慰，以溫柔的眼神笑了。但那也只是一瞬之間的事，他馬上就變回那個令人搞不懂的國王陛下了。

「最大的原因，是你年紀輕輕就是個精靈魔法使了。」

「……咦？」

「我這個人最喜歡前途無量的人了。」

拉比西耶爾笑著這麼說道。反過來說，代表男人必須回應他的期待。

「那個領地對我們王室來說也是很特別的地方，縱使你想調查，也是有條件的。」

男人嚥下一口唾沫。都談到這裡了，他沒有理由不答應。

此外，他似乎也搞懂了為何自己會如此畏懼陛下。那是因為——別說他是一隻腳踩進對方不可侵犯的領域，根本是整副身子都栽進去了。

但他要拯救母親。這是早就決定好的事情。

*

賈迪爾受到拉比西耶爾傳喚，現在正快步走在前往工作室的路上。

賈迪爾就快成年了，他身為這個國家的第一王子，註定了成年後就要開始協助國王處理政務。

大概是為了商討這件事吧，賈迪爾心裡這麼猜想。他繃緊神經，緊張地敲了敲有衛兵守在門扉兩側的門板。

裡頭傳出「進來」的聲音，他於是行了個禮，踏入室內。

「您找我嗎，陛下？」

「是啊，賈迪爾。坐那邊吧。」

賈迪爾對另一頭的沙發鞠躬，接著坐下。拉比西耶爾移動到對面的沙發坐下，然後露出微笑。

「直接進入主題吧。你最近有去見凡克萊福特家的小姐嗎？」

賈迪爾一瞬間還以為拉比西耶爾是在問艾倫。但自從那次事件後，他們就沒見過面了，所以他馬上發現拉比西耶爾問的是拉菲莉亞，但卻不懂為何要問這種事。

「……不，最近我們沒見面，比較常寫信。直接見到面是兩個月前和拉蘇耶爾一起去拜訪的時候。」

「兩個月前啊……你那時候有聽說什麼傳言嗎？」

「傳言嗎？」

「對，因為我聽說凡克萊福特家最近好像僱用了一個手腕不錯的藥師。」

「藥師……不，我沒聽說過。」

「這樣啊。那麼，你們現在還想跟那個精靈公主見面嗎？」

聽拉比西耶爾這麼問，賈迪爾的雙肩抖了一下。他和拉蘇耶爾立下誓言，每年必定會前往石碑祈禱，至今依然不曾缺席。

「當然想。」

所以，就算只有一眼也好，賈迪爾想見她，向她當面謝罪，然後好好面對面說話。

那一天，那名只見過一眼的少女的模樣已然烙印在腦海，揮之不去。賈迪爾明白這份心意應該怎麼稱呼。

可是拉比西耶爾為什麼突然問這些？賈迪爾不解地皺起眉頭。

「根據傳言，僱用那位藥師的人就是精靈公主。」

聽見這句話，賈迪爾不禁瞪大了眼睛。他的心中同時萌生或許能見上一面的想法。

一想到這點，賈迪爾的心跳就因期待而開始加速。

＊

在凡克萊福特家，會定期舉行只有熟面孔參加的例行會議。負責統籌其他組別的情報的人，就是羅倫這位總管。

「為了治病而留在領地內的人比上個月還多了三成，艾倫小姐的藥已經被瘋傳了。」

「三成太多了……」

索沃爾聽了羅倫的報告，不禁皺起眉頭。為了治病而留在領地是不要緊，但如果有人把難解的病帶進領地那就傷腦筋了。

「隨著人數增加，藥也開始供不應求。聽說有人為了得到艾倫小姐的藥而大打出手。」

這是個令人頭痛的問題。艾倫的藥是可以大量生產，但要是這麼做，八卦就會越傳越遠，她或許又會過度使用能力，讓自己昏倒。所以，現在是由羅威爾他們在把關藥量。

「這我知道。以前都是按照診療的順序給藥，但那些鬧事的人好像都是情況比較危急的患者……」

索沃爾是率領王國騎士團的團長，有些騎士會被派遣到各個領地當警備隊，警備隊常被叫去調停紛爭，或取締鬧事的人，而他們的報告也會呈交到索沃爾這邊。

聽了羅倫剛才的報告，艾倫皺起眉頭思索。

「是不是應該做識別急救啊？」

艾倫說完，索沃爾等人都不解地歪起頭。

「識別急救？」

「就是根據患者症狀的輕重程度決定治療的順序。不過最重要的是，要讓其他患者也明白這個機制。」

這就是地球所謂的檢傷分類。

「對疾病比較沒有抵抗力的小孩、孕婦，還有失去意識的人優先看診。就像受重傷和疼痛反應較激烈的人，也更需要止痛藥對吧？」

「嗯，有道理……」

聽完艾倫說的話後，索沃爾呢喃。艾倫又接著說：「雖然只能交由治療師來判斷，但只要事前先告知所有人，應該就能減少不必要的紛爭了。」

「沒想到妳居然能立即想到解決方案，艾倫小姐實在是博學多聞啊，爺爺我好感動。」

羅倫面帶微笑地誇讚艾倫讓她不禁覺得害羞。

同時，她也覺得過意不去。正因為有過去在地球生活的記憶，艾倫才有這些知識。她總覺得自己奪走了先人累積起來的成果，因此感到有些失落。

「艾倫，怎麼啦？」

羅威爾首先察覺艾倫的失落，低頭窺探她的臉。

這讓思緒飄走的艾倫回過神來。

「啊，沒事。對不起，我在想事情。」

「……艾倫，因為有妳，我們受到非常大的幫助。真是抱歉，一直依賴妳。」

索沃爾一邊摸艾倫的頭一邊道歉。

艾倫眨了眨眼，隨即說了聲「不是的」否定。

「其實我的知識都是先人想到的，不是我自己想出來的。因為這樣受到感謝，我總覺得過意不去……」

說完，羅威爾不以為意地笑了。

「艾倫，在戰術和技術方面都需要先人的知識。我們學習那些知識，然後在必要的時候使用，這樣那些先人也能瞑目。這比不思學習，反覆失敗還有意義。」

「……也就是說，因為我記得先人的知識，才顯得那些知識有價值？」

「沒錯，這世上沒多少能夠學以致用的人才，所以妳可以感到自豪喔。」

羅威爾這番話說進了艾倫心坎。她眨了眨眼，似乎能接受這種說法。

在這個世界擁有前世的記憶，一定有其意義——她總算能這麼想了。

「……嘿嘿嘿。」

受人誇獎，艾倫感到純粹的開心而綻放害羞的笑容。所有人都欣慰地看著她。

「啊——！我的女兒果然是最棒的！」

「咿唔唔！」

這時，羅威爾用力抱住艾倫，胡亂地揉她頭髮。就在艾倫遭到壓迫，無法言語的時候，索沃爾出手阻止，並說了聲「到此為止」。

「爸爸，你好煩！」

「為什麼！」

被救出的艾倫抓著索沃爾的衣襬這麼抱怨，羅威爾聽了大受打擊。

「大哥你太黏艾倫了啦。」

「什麼！我才不想被你這麼說！是你對自己的女兒太不聞不問了！」

「嗚！」

這句話讓艾倫大吃一驚。索沃爾明明這麼溫柔，她無法相信索沃爾居然鮮少理會拉菲莉

亞。

「……我女兒現在是叛逆期。」

「所以我說了，你就是不理她，她才會鬧脾氣啦。」

「大哥你懂什麼？」

艾倫戰戰兢兢地望著眼看就要吵起架來的兩兄弟，沒想到他們卻突然轉頭，然後同時開口徵求艾倫同意。

「艾倫，妳也這麼想對吧！」

面對異口同聲的兩人，艾倫倒是很冷靜，覺得他們根本半斤八兩。

「爺爺～」

隨後，艾倫小跑步奔向羅倫。只見羅倫開心地張開雙臂迎接她。

「看來艾倫小姐似乎比較喜歡爺爺我。」

羅倫笑得眼睛都瞇起來了，樣子非常可愛。

此話一出，羅威爾和索沃爾又在後面雙雙吼道：「為什麼啊！」

「離題了。說句實話，其實領地內的治安有些不穩。有很多人因為生病，已經顧不了那麼多了。」

「啊……我想也是。」

疾病衍生出的問題似乎很令人頭痛，正當艾倫思考著那會是什麼問題時，所有人竟一起看向她，她的心跳不禁漏了一拍。

「怎……怎麼了嗎……？」

「艾倫是很聰慧，可是一旦事情發生在自己身上，反應卻很慢……」

「這也沒辦法，大哥。她這個年紀就可以察言觀色到這種地步，我反倒已經覺得很稀奇了。」

「也對。」

羅威爾和索沃爾似乎達成了某種共識。就在艾倫歪著頭，搞不懂他們在說什麼時，索沃爾命令羅倫：「叫那小子過來」

羅威爾目送羅倫說了「遵命」後離去的背影，神情顯得複雜。

「……你果然要找他嗎？」

「大哥你們後來明明談了很久，難道還不能相信他嗎？」

艾倫的頭上頂著好幾個問號，搞不懂他們到底在說誰。

「不，身為人類本身就是個問題啊……」

「爸爸你們在說什麼？」

艾倫從剛才開始就完全聽不懂他們在說什麼，於是她催促羅威爾趕快告訴她。羅威爾聽了，嘆了一口氣。

「艾倫，現在領地內不是為了搶藥發生了很多紛爭嗎？領地內更有人在傳，說藥是凡克萊福特家的小公主給的。」

聽了羅威爾這席話，艾倫臉色發青。

「以後想要藥的人只要發現妳，恐怕都會衝上來叫妳給藥，其中也會有危險的人們。爸爸甚至接到報告，說已經有商人們來到這裡，想拿妳的藥去賣。」

「呃……也就是說，剛才爺爺去叫的人……」

「是妳的護衛。」

羅威爾說完這句話的瞬間，門外傳來羅倫表示他把人帶到了的聲音，隨後他就走進了房間。

羅倫的身後跟著一名少年，少年鞠躬後踏入房內。艾倫歪著頭，心裡思索著少年的身分。那是她從未見過的人。索沃爾接著催促少年自我介紹。

「艾倫小姐，幸會。我叫做凱。」

「幸會，我是艾倫。」

雙方行過紳士之禮與淑女之禮後，凱正面看著艾倫。

但沒看多久，他便顯得有些畏縮，索沃爾不禁苦笑。

「凱今年就要十三歲了，他是艾伯特的兒子。」

艾倫因為這句話睜大了眼睛，盯著凱瞧。

凱長得並不像艾伯特，看來是像到母親了。他有一頭黑短髮以及炯炯有神的眼眸。

他才十三歲，卻有種已經獨當一面的可靠氛圍。他的體態結實，身高也比平均還要高，或許體格好是遺傳自父親吧。

「艾倫小姐，我聽父親提過您。非常感謝您那時救了我父親。」

凱低頭道謝，艾倫看了不禁慌了手腳。

「我會誠心誠意守護您！」

凱的身高很高。他一面屈膝做出臣下之禮，一面將右手擺在胸前宣示。

即使屈膝蹲下，他的視線還是比艾倫高。

「呃……」

艾倫抬起頭看著羅威爾，想知道這件事是否已經定案。只見羅威爾嘆了一口氣，看來答案是否定。

「我不是對凱有什麼不滿，而是有人不會容許這種情況……」

聽了羅威爾的話，在場所有人全都感到困惑。

「艾倫也是精靈，其他精靈不可能會默不吭聲。」

見羅威爾又嘆了一口氣，艾倫這才明白他在說誰。

「啊，難道爸爸說的是……」

「對，妳猜得沒錯。要是不把他叫來，以後一定會煩死人，所以也只好叫來了。喂，你

都聽到了吧！」

羅威爾對著天花板叫道，一隻巨大的白虎就這麼憑空落下。

「！」

見室內突然出現野獸，原本默默在一旁看著的伊莎貝拉發出尖叫。

「大、大哥！」

索沃爾反射性握住腰間的劍，羅威爾站到雙方之間。

「沒事的。凡，快自我介紹。」

「吾是風之大精靈之子——凡。」

野獸開口說話了。這件事令在場的人驚訝之餘也呆愣在原地。

這時候艾倫整個人撲過去抱住凡的脖子。

「毛茸茸～！」

艾倫將頭埋入凡的毛裡，臉頰不斷磨蹭。除了羅威爾，其他人對艾倫的行動都看傻了眼。

「呵呵，如何啊，公主殿下？這可是剛洗好的喔。」

「好香喔～！」

凡的毛皮散發出一股花香，艾倫就這麼將臉埋在其中，聞著香味。這時凱回過神來，叫了艾倫一聲。

「放心吧～！凡很乖的喔。」

凡在精靈界透過水鏡從頭到尾看著他們的對話，他立刻對凱嗤之以鼻。

「不過是個小鬼，還說要保護公主殿下？真是笑死人了。」

見凡和凱互瞪出火花，羅威爾笑道：

「事情就是這樣。精靈界這邊也有派人當艾倫的護衛，凡可以隨意操縱風，他對聲音很敏感，耳朵好到聽得見所謂的『風聲』，這能力很寶貴喔。」

「不，可是大哥……這麼大一隻野獸，上街會引起騷動吧？」

「說這什麼傻話？艾倫可是我的孩子耶。只要說他是精靈，一下子就解決了。」

相對於胸有成竹的羅威爾，周遭的人卻不覺得事情會那麼順利，給予了全面否定。

「羅威爾大人，請放心，因為吾已經學會變成人形了。」

說完，凡瞬間變成人類的模樣。

艾倫瞪大雙眼看著他。不一會兒，艾倫的眼前就站著一名外表和凡的父親——敏特一模一樣的青年。這麼一來，與其說他是敏特的兒子，更像是弟弟吧。

青年的年紀大約十七歲，有一雙翠綠的眼眸，毛髮則跟老虎模樣時相同，是一頭蘊含光澤的白髮。凡兩頰的頭髮短得翹起，髮尾卻長到肩胛骨，也就是地球所謂的「小狼尾髮型」。

明明是隻老虎，卻剪狼尾髮型？艾倫一想到這點就快笑出來了。

「……吾這樣不好看嗎？」

艾倫的反應讓凡一陣失落，她這才急忙修正。

「你這樣很帥！沒想到你已經可以變成人了，好厲害！」

艾倫大肆誇讚，弄得凡的臉都紅了。

「您說得對！吾既帥氣又厲害！」

凡就像在誇耀自己的勝利一樣，對著凱得意地笑。

精靈變成人形後的容貌都非常俊美，這是萬年不變的法則。凱也只能承認凡的話，同時發出不悅的悶哼。

不過現場卻有個人不爽艾倫被夾在凱和凡之間。

「……喂，他們現在是怎樣？」

「是爭奪護衛艾倫的寶座的光景啊。」

羅威爾看著凡和凱，突然皺緊眉頭問道。

索沃爾聽了冷靜地回答，但羅威爾卻表示那不是他想問的事，並大吼：

「喂，你們兩個！不准靠近艾倫！」

艾倫不解羅威爾怎麼會突然這麼說。畢竟要討論護衛事宜，還把凡叫來的人明明是他啊。

「護衛就由我來當！我不會把女兒嫁出去的！」

說完這句莫名其妙的話後，羅威爾緊緊抱住艾倫。

見羅威爾這樣，艾倫以「這傢伙在說什麼傻話」的眼神看著羅威爾，並道出一句話：

「爸爸，你好煩。」

＊

距今十三年前，凱在發生了那場魔物風暴的時期出生。

艾伯特結婚後不久，魔物風暴隨之發生，他也就加入了討伐。守護主人就不用說了，他也同時下定決心，為了守護妻子和腹中的孩子，一定要活著回來。

然而他的主人們卻站上了魔物風暴的最前線。艾伯特站在主人身邊，知道回家的機會渺茫。

『為了即將出世的孩子，你可要讓他見見父親的樣子……』

在比想像中還要絕望的狀況中，他卻被自己必須保護的對象——也就是統率整個騎士團的凡克萊福特家當家挺身保護，讓當家受了傷。

後來艾伯特把當家的遺言轉達給伊莎貝拉，她竟然一邊流淚一邊笑了，還說「真像他的作風」。這句話不知道給了艾伯特多大的慰藉。

不只當家一個人，羅威爾也在魔物風暴中用盡力量倒下，沒能回到凡克萊福特家。

艾伯特就這樣等了被帶到精靈界後就沒有再回來，生死不明的主人十年。這對倖存下來的艾伯特來說，是一段非常漫長的歲月。

存活下來的艾伯特漸漸被困在必須保護這個家的迷思當中。

艾伯特始終無法忘卻當時沒能守護主人的悔恨。他現在之所以能和家人相守，之所以能過得這麼幸福，全都是多虧凡克萊福特家。

就因為他當時沒派上用場，這次才會想盡辦法做出貢獻，卻差點步入歧途。三年前，他就是因為這件事情受到艾倫幫助。

他只專注眼前的事，被困在自己的迷思當中，差點就葬送了重要的一切。

所以當主人們在討論艾倫的護衛人選，而且有意將這個任務交付到自己兒子身上時，艾伯特就下定了決心。

他身上有著這次一定要保護好現任當家——索沃爾的任務。如果兒子真能接下護衛艾倫的任務，那他希望自己的孩子可以繼承他的意志。

「凱，現在上頭正在討論要不要讓你當艾倫小姐的護衛。」

「艾倫小姐……？」

「她是基於某些內情，不能拋頭露面的羅威爾大人的孩子，今年和拉菲莉亞小姐同年。」

「羅威爾大人是那個英雄……？」

「能擔任艾倫小姐的護衛是一件非常光榮的事……另外，艾倫小姐曾經救過我的命。」
「救、救過爸爸……？」
「凱，我希望你好好聽完我接下來要說的話。」
這次一定要做到。艾伯特懷著這份心思，做好顏面盡失的覺悟，開始對自己的兒子訴說往事。

＊

這天，他們就識別急救一事準備了討論的場所，要告知治療師們新訂的規矩。
他們一行人坐著馬車前往治療院，其中包括索沃爾、擔任護衛的艾伯特、羅威爾、艾倫、凱和凡。
「原來艾伯特叔叔結婚了啊。」
艾倫從連接著車廂和車伕座的小窗探出頭來，認真地上下打量艾伯特。手握馬匹韁繩的車伕聽了發出一陣笑，坐在他旁邊的艾伯特則抓了抓頭，感覺有些沮喪。
「……原來我看起來像個單身漢嗎？」
「嗯……應該說是整天埋頭在工作裡，感覺沒什麼女人緣。」
車伕和索沃爾聽了艾倫這句話，同時發出大笑，車伕還說了句「完全沒錯」。就某種意義來說，她應該是說中了吧。

「艾伯特先生的夫人膽識過人，艾伯特先生被她收得服服貼貼呢。」

「喂，慢著。」

「這分明是事實。」

面對哈哈大笑的車伕，艾伯特無以回嘴，只能嘆氣。

艾倫一面看著他們，一面緊貼著窗框，興致勃勃地聽他們說話。

「艾倫，妳這樣很沒規矩喔。」

羅威爾抓住艾倫的腋下一把抱起，讓她坐在自己的大腿上。

馬車因路面顛簸而晃動，因為羅威爾讓艾倫坐在他的大腿上，所以艾倫的屁股一點也不痛。

坐在馬車裡的人有羅威爾、艾倫、索沃爾和凱。

凡為了戒備周遭，現在消去身形，盤踞在車頂上。

他們感覺得出來這輛馬車正受到一陣輕盈的順風輔助。凡是個溫柔的孩子，他大概是想減輕馬匹的負擔吧。

羅威爾把下巴放在女兒頭頂，有些彆扭地問：「妳這麼在意艾伯特嗎？」

那件事之後過了三年，以羅威爾的個性來說，一旦記下一筆帳，他就會記很久。

「因為……」

她按捺不住自己的真心，無法假裝自己不在意。

居然把那個頑固的艾伯特收得服服貼貼，她忍不住妄想，覺得對方應該是個相當大膽的母親。

「那個……各位這麼評論家母，實在讓人有點難為情。」

凱見父親被人捉弄，似乎覺得有些尷尬。

「艾伯特叔叔在家果然抬不起頭來嗎？」

「那是自然……」

凱發覺自己說溜了嘴，急忙用手遮住嘴巴，但已經太遲了。只見艾倫嘻嘻笑道：

「這樣啊。不過，如果是艾伯特叔叔，配這種人剛剛好！」

艾倫開始發揮想像力，想像對方會是個什麼樣的人。若有機會，她還真想見上她一面。

而她這種想法似乎被凱看穿了。

「下次您要來寒舍作客嗎？我把家母介紹給您認識。」

「真的嗎！我想見她～！」

艾倫對這句話做出反應，羅威爾摟在她身上的那雙手突然僵在原地。

「你要把艾倫介紹給你母親……？」

正當艾倫對又想太多的羅威爾投以受不了的眼神時，凱漲紅了臉，急忙修正。

「您、您誤會了！我不是那個意思！」

「你還早得很呢！」

被羅威爾近距離這麼一叫，艾倫的耳朵痛得都快聾了。

「爸爸，你好煩。」

「好過分！」

說完，羅威爾抱著艾倫，臉頰不斷蹭著她說：「不要說這種話嘛。」

「……大哥，你倒是被艾倫收得服服貼貼啊。」

索沃爾的這句話響徹馬車內部。

羅威爾聽了這句話，停止磨蹭艾倫，似乎在思考著什麼。

「如果是艾倫，那我心甘情願。」

見羅威爾笑得開心，艾倫開口說道：

「媽媽會跟你鬧脾氣喔。」

語畢，只見羅威爾雙肩抖了下，然後立刻死命對著空中大吼：「奧莉，我開玩笑的！只有妳一個人可以收服我喔！」

*

一行人抵達治療院後，在治療院工作的治療師和護理師就像往常一樣，總動員出來迎接

他們。

「我明明說過，迎接只要院長一個人來就好了……」

畢竟這樣跟大肆宣傳領主大人駕到沒有兩樣。

尤其對想把艾倫藏好的羅威爾他們來說，這樣只是徒增困擾。但治療師們的行動只是出於純粹的仰慕，他們也無法隨便拒絕。

「我們今天有重要的事情要討論。好了，你們都回崗位吧。」

索沃爾熟練地拍響手掌，治療師這才行禮離去，留下院長一人。

「真是非常抱歉。」

「算了，別放在心上。我今天有重要的話要說，借一下會議室。」

「好的。」

就這樣，一行人魚貫進入室內。

「公主殿下，吾巡視一下周遭。」

凡突然現身說道，艾倫也對他說了一聲：「麻煩你了。」

「要是發生了什麼事，請您務必呼喚吾。」

「好，凡你也要小心喔。」

艾倫笑著說，凡摸了摸她的頭，然後再度消失。

凱在不遠的後頭看著他們的互動，不自覺皺起了眉頭。

他也想像凡一樣被信賴，他如此下定了決心。

＊

幾個男人在領地一隅對談。

那裡是暗巷，周遭沒有人的氣息。

「聽說傳聞中的藥師就在凡克萊福特家是嗎？」

「據說他非常討厭人類，大家都在猜他會不會是精靈。」

「什麼意思？」

「我已經證實給藥的人是凡克萊福特家的小公主。所以有人猜，是和小公主締結契約的精靈在製藥，然後透過小公主帶來給人用。」

「……」

那個傳聞的可信度相當高。

因為那個家族有個成功和大精靈締結契約的英雄在。以血脈來說，確實不無可能。

「那麼，為了讓那個精靈對我們言聽計從，就必須得到那個小公主了。」

「……的確如此。」

「可是要怎麼做？凡克萊福特家就某種意義來說根本就是要塞，我聽說連那個家的女僕

都身手不凡。」

「不，沒問題。那個小公主都是親自把藥拿去治療院，為了運那些藥，聽說已經來到鎮上了……」

男人不懷好意地笑著報告，另一個男人聽了，也同樣露出詭譎的笑容。

# 第七話　王室的信

當拉菲莉亞正在寫家庭教師出的功課時，女僕遞出一封蓋著熟悉封蠟的信件，說是賈迪爾王子寄來的。

「賈迪爾寄來的？怎麼啦？」

「……大小姐，直呼殿下的名諱恐怕……」

「妳很煩耶。如果叫他殿下，豈不是跟拉蘇耶爾重複了嗎？我們是朋友，沒差啦。賈迪爾他們本來就允許我這麼叫，妳可以別多嘴嗎？」

拉菲莉亞不聽女僕的忠告，開心地抱著那封信。

她催促女僕快點出去，拿起拆信刀拆信。

拉菲莉亞拆開信件後讀了信，接著瞪大了眼睛，雙頰也跟著泛紅。

「怎、怎麼辦……我該穿什麼去？」

這裡是她的房間，儘管室內只有她一個人，她還是慌張地不斷環伺周遭。

她在腦中思索著她有什麼種類的衣服，慌慌張張地想把自己打扮得可愛些。

「不行啦，我得偷溜出去啊……」

服裝要像個村姑，又不能失了可愛。
拉菲莉亞把信摟在懷裡，對接下來即將發生的事感到興奮。
凡的耳朵一陣抽動，似乎是聽見風帶來的動靜了。
方向是鎮郊角落。凡瞇起眼睛，豎起耳朵。
不久後，凡皺起眉頭，似乎在想著什麼。
下一秒，一陣強風吹來。凡順著那陣風勢，就這麼消弭身形。

＊

為了不被領地的人發現，賈迪爾等人變裝進入了凡克萊福特領。
一人行以賈迪爾為首，擔任護衛的分別是他的三名隨從——勒貝、托魯克和佛格。
這三名隨從都是平時跟在賈迪爾身邊的人，這次還多了一個男性宮廷治療師，此人名為休姆。
休姆和賈迪爾同年，是今年就要成年的男人，但他的外貌比起年齡卻稍顯稚嫩。
蓬鬆的淺棕色頭髮看起來很柔軟，配上那張娃娃臉，讓他看起來就像個溫柔的少年。
不過，一旦他開口說話，這樣的印象便會瞬間崩毀，因為他說話毒到會讓人懷疑自己的耳朵。

如果跟他說，他看起來跟賈迪爾的弟弟——拉蘇耶爾同年，可以想見他會露出冰冷的眼神。他似乎並不喜歡自己這張稚嫩的面容。

不過，有人看上了休姆的才能。他十一歲時拜入宮廷治療師門下，終於在去年獨立。他確實優秀得出類拔萃，但或許是年紀輕輕就混在大人堆當中的緣故，讓他變得非常世故。

重要的是，休姆是個和精靈締結了契約的精靈魔法使。

「賈迪爾殿下，可以麻煩您不要靠得太近嗎？」

更進一步說明，賈迪爾和休姆一直都是水火不容。

儘管賈迪爾對休姆的言詞感到不快，他還是乖乖照做。他這麼做的最重要原因——是因為精靈。

「休姆閣下！您怎能對殿下這麼說話！」

「我有什麼辦法？我的精靈很怕殿下啊。」

「……算了，托魯克。這是事實。」

賈迪爾知道王室詛咒的真相後，半天都說不出話來。因為先祖的惡行，王室不只被精靈厭惡，更被憎恨。

周遭的人都知道精靈會受到詛咒之力影響，然後發狂。

宮廷的精靈魔法使知道這件事後，全都開始厭惡王室之人，因為他們是難保不會惹怒精

靈的存在。
王室自然不能失去精靈魔法使，所以王室成員不再主動靠近精靈魔法使。
不過，這次凡克萊福特家的藥釀成問題，實在無法繼續堅守這個原則。
凡克萊福特家的精靈小公主用的藥是精靈做出來的——看樣子，這個假設的可信度越來越高了。
「各位可是要靠我的精靈，去調查公爵家的小公主命人製作的藥是否真的是精靈所做的喔。要是因為殿下害我的精靈怕得不能工作，到時候該怎麼辦？」
休姆嘆了口氣，對隨從說：「你們連這個都不懂嗎？」
為了調查艾倫的藥是什麼，他們必須仰賴專門人士。而從眾多候選人當中脫穎而出的人，就是身為宮廷治療師的休姆。
「話說回來，這個領地……還真是充滿了病患耶。」
休姆吐出打從心底厭惡的言語，隨從們則開始鼓譟。
「居然讓殿下來這種地方……國王到底在想些什麼？」
聽見隨從說出這番話，穿著斗篷，深深拉下兜帽的賈迪爾壓低了聲音警告。
「別說了，佛格。我現在是賈迪斯。」
「啊……非常抱歉。」
所有人都深深拉下兜帽的集團可說是莫名搶眼。休姆見周遭擦身而過的人都側眼偷看他

們，不禁嘆了一口氣。

「你們已經很搶眼了啦。除了賈迪斯先生，其他人都別戴兜帽了如何？」

隨從們見了休姆聳肩的那副模樣，不禁砸嘴。

見同伴的感情差成這樣，賈迪爾也不得不嘆氣。

「不過，這還真是驚人。」

休姆突然意味深長地說道，賈迪爾等人不解地看著他。

「為了不讓疾病擴散，有個風之精靈把病菌吹到空中淨化……真是強大的力量。」

休姆直盯著空中說道。

賈迪爾等人也跟著仰望天空，但他們只看得見無雲的晴空。別說要看見什麼了，他們根本什麼也沒感覺到。

休姆眼中的世界，想必和賈迪爾他們不同吧。

「我的精靈敬畏著這份力量。看來，這裡有個操縱風的高階精靈。難道傳聞是真的嗎？」

休姆喜形於色地說，那讓他身邊的人瞪大了眼睛。因為，這代表這塊領地的公主所帶來的藥就是精靈所製的傳聞的可信度上升了。

「總之先收集情報吧。」

見休姆一步步逕自往旅店走去，隨從們喊出「慢著」。

但賈迪爾聽了休姆的話，卻藏不住內心那股確信之情。

（艾倫……）

賈迪爾知道艾倫是精靈。

聽了休姆的話後，他的心中沒來由地確信——藥就是艾倫做的。

（……可是我不想讓休姆知道。）

他知道自己的這種想法是一種任性。

但自那件事後，他連一眼都沒能再見到艾倫，因此，現在的他無法允許休姆知道艾倫的存在。

賈迪爾忍不住祈求，希望在休姆知道艾倫的存在之前，自己能先見上她一面。

＊

要協商的事情在治療院的會議室進行得很順利。

儘管治療師沒有識別急救的相關認知，但一說出重點，他們也表示，重症患者應該優先治療的話題，同樣在治療師之間討論得沸沸揚揚。

然而，現實卻是——主張是自己先來到治療院，要求治療院給藥的人絡繹不絕。

「因為生病的關係，大家都顧不得別人了……」

一見艾倫沮喪得變成了八字眉，周圍的人們馬上察覺她的心情，露出為難的表情。

「那我再多做些藥……！」

「不可以喔，艾倫。這件事我們不是談得很清楚了嗎？」

羅威爾這句斥責讓艾倫的眼眶泛出淚來。

明明救得了人，為什麼卻要限制能救的人數呢？

艾倫知道羅威爾他們把自己放在第一順位，但她也知道再這樣下去是不行的。

要是大量製藥，讓人知道他們還有存貨，藥品難保不會外流。這麼一來，真的需要用藥的時候反而會不夠用，讓本來可以得救的生命死去。

更難辦的是，如果其他國家知道艾倫的存在，可以想見到時候這個國家將會深陷戰火當中，這件事他們在事前就已經告訴過艾倫。如此一來，這個國家別說是病人了，甚至會充滿死人。

「其實如果可以，我真的不想在病患身上標註先後順序……」

艾倫想拯救所有人，希望所有人都能得救，她的這份心意依舊沒變。

這份心意在心中滿溢，化為淚水一滴滴落下。

「爸爸，一點點就好了……我不能再多做一點藥嗎？」

「艾倫……」

羅威爾抱緊艾倫，輕撫她的頭。

「爸爸要妳絕對不能勉強自己。不管妳做出多少藥，用量都要讓我們來決定……可以嗎？」

「……好。」

艾倫一邊吸著鼻水，一邊緊抱著羅威爾的脖子，羅威爾見狀，也溫柔地回抱她。

這時候，凡突然憑空現身。

治療師們不知道凡的存在，各個發出驚呼。

「他是精靈。抱歉，嚇到你們了。凡，怎麼了嗎？」

治療師們聽到羅威爾這麼說，雖然難以置信地眨了眨眼，還是馬上相信了。他們一個接著一個發出讚賞，說什麼「真不愧是羅威爾大人」，而羅威爾沒有理會他們，側耳聽凡說悄悄話。

艾倫被抱在羅威爾懷裡，因此聽見了他們的談話。聽到的瞬間，她驚訝得眼淚都停了。

「……拉菲莉亞嗎？」

見羅威爾皺起眉頭，索沃爾首先有了反應。

「我女兒……她怎麼了嗎？」

現場瞬間圍繞在一陣緊張之中。

羅威爾首先只對索沃爾說了一句「這不是在這裡可以說的話。」接著便對治療師下達指示。

「關於識別急救的細節，我們擇日再協商。各位，麻煩你們先離席。」

治療師們聽見羅威爾這番話，各個面面相覷。然而，他的話必須絕對遵從。他們馬上理解接下來的對話不是他們能聽的。

治療師們離席後，房裡只剩下凡克萊福特家的人。羅威爾這才緩緩對索沃爾開口：

「索沃爾，你冷靜聽我說。」

「你要我怎麼冷靜？我女兒到底怎麼了……！」

「……這是我的猜測，她可能被歹徒當成艾倫綁走了。」

索沃爾平常是個處變不驚之人，但現在臉色卻明顯發青，甚至倒抽了一口氣。

儘管他因為羅威爾這一句話亂了方寸，還是馬上深呼吸，試圖恢復冷靜。

「……大哥，先等等。為什麼照理來說走不出宅邸的拉菲莉亞會被擄走？宅邸裡的人都怎麼了？」

凡克萊福特家的傭人全都受過戰鬥訓練，各個都是戰鬥好手。

而且現在是大白天，除非擁有非人之力，不然歹徒不可能躲過這些人的耳目並把拉菲莉亞帶走。索沃爾回到現實層面思考，終於取回冷靜。

「吾只看到有個小孩一個人走出了宅邸，沒看到任何隨行之人喔。」

凡這句話令所有人一陣困惑，羅威爾於是要他詳加說明。

「吾聽到幾個可疑人物在討論要不要擄走手上有藥的公主的聲音。吾想徹底除掉他們，

所以想知道他們的大本營在哪，就跑去跟蹤他們了。」

凡說得理所當然，但事情出乎意料的程度卻讓索沃爾等人聽了瞬間愣在原地。

羅威爾皺起眉頭，對不肖分子已經開始行動這點感到煩躁。艾倫見狀，怕得用力抱住了羅威爾。羅威爾注意到艾倫的反應，也回抱她給予安撫。羅威爾輕輕拍撫著艾倫的背部，讓她逐漸放下了心。

「他們剛開始是兩個人，之後有另一個人和他們在途中會合。他們在宅邸周邊探查，之後，有個小孩從後門走了出來。」

「難道說……」

「那個孩子似乎是想前往城鎮，走出來沒多久就被擄走了。因為他們抓到的人不是公主殿下，吾本想置之不理，但那些男人們開心地嚷著他們抓到公主殿下了，吾想說還是來徵求羅威爾大人的指示，所以來向您報告。」

「你為什麼不救她！有個孩子在你眼前被擄走了啊！」

「吾是精靈，更是公主的護衛。為什麼吾非得救人類的小孩不可？不過如果被擄走的是公主，吾就會當場將那些人撕成碎片。」

凡哼的一聲拋出這段話。索沃爾聽了，不知該把怒氣發洩在何方，只能緊握顫抖的拳頭忍耐。

「為什麼拉菲莉亞一個人外出了？不對，她出得去嗎……？你看到的人真的是拉菲莉亞

嗎？」

「拉菲莉亞是誰？吾確實看見了一個小孩，但也只知道那是個人類的女孩。」

「……搞不好是來宅邸辦事的傭人。先回宅邸確認再說！」

索沃爾急忙作勢要離開會議室，想返回宅邸，但羅威爾搶先一步阻止了他。畢竟，要回宅邸的話，羅威爾用轉移就能瞬間抵達。他要索沃爾立刻冷靜下來。

「艾伯特和凱搭馬車回去，我們先回宅邸一趟。」

「請等等！請讓我們一起同行！」

「在你們回來之前，我們會謹慎行動。我們只是先回去確認拉菲莉亞在不在而已，可以吧？」

面對這道不容反抗的命令，艾伯特和凱只能面有難色地點頭服從。

「好，那麼索沃爾，走了。」

「好，拜託你了，大哥。」

羅威爾一手抱著艾倫，一手抓住索沃爾的手，瞬間回到宅邸。

「來人！有人在嗎！」

一回到宅邸，索沃爾便開始大吼。羅倫和其他女僕聽見聲音，急忙來到大廳。索沃爾那副不尋常的模樣讓女僕們心生畏懼。

「老爺，請問發生什麼事了？」

見索沃爾如此慌張，羅倫訝異地瞪大了雙眼。看來這是非常罕見的事。

「拉菲莉亞在哪裡！快說！她在哪！」

「老、老爺……您找大小姐的話，她正在自己的房裡念書……」

聽了女僕的話，索沃爾快速往拉菲莉亞的房間狂奔。

「拉菲莉亞！拉菲莉亞，妳在哪裡！」

索沃爾用力開啟一扇一扇房門。見索沃爾如此不尋常的反應，羅倫也警覺到了異常。

「妳們也快分頭去找大小姐！」

「好、好的！」

此話一出，女僕們也開始奔走於每間房間。

此時，有人聽見喧囂，開始往這裡聚集。後來，他們動員所有傭人尋找拉菲莉亞，卻遍尋不著她。

# 第八話　綁架

索沃爾抱著頭，咬牙發出嘰嘰聲響。

他正拚死壓抑著自己的怒氣。艾莉雅聽說拉菲莉亞被綁，立刻昏倒了。

室內的氣氛非常沉重，沒有人敢出聲。

但他們不能輕舉妄動。羅威爾不斷叫索沃爾等艾伯特回來再展開行動，並保證這段期間會動員所有精靈尋找拉菲莉亞的下落。

「叔、叔叔……對不起……」

拉菲莉亞是因為被誤認為艾倫才會被帶走。當初是否不要製藥就好了呢？這樣的後悔不斷席捲艾倫的內心。

索沃爾察覺艾倫的身體正止不住地發抖，這才回過神來。

「啊啊……抱歉，艾倫……這不是妳的錯……別哭了。」

「嗚……嗚嗚……」

索沃爾抱起眼淚一滴一滴往下掉的艾倫。

「我很慶幸妳平安無事。多虧有妳做的藥，才能救回百姓的性命。不好的是擄走拉菲莉

亞的人們，不是妳。」

「可是，可是……都是因為我做出這種藥……」

「艾倫，不要後悔。求妳別後悔，拜託妳……」

否則的話，拉菲莉亞被擄走就毫無道理了。索沃爾如此小聲呢喃。

因為有艾齊兒在，索沃爾一直極力避免和妻子扯上關係。當時是為了避免艾齊兒的暴力之爪伸向艾莉雅和拉菲莉亞，然而長久這麼下來，他卻逐漸搞不懂該如何面對拉菲莉亞了。

而且最近拉菲莉亞行為叛逆，讓他更不知該如何是好，所以他選擇相信妻子，全權交給艾莉雅負責。話雖如此，並不代表他就不愛拉菲莉亞。

當他一想到可能會失去拉菲莉亞，他這位騎士團長就慌得失去了冷靜。

面對在自己心中不斷翻騰的後悔，索沃爾實在不知該如何是好。

「對不起……對不起，叔叔……」

艾倫在索沃爾懷裡緊抓著他不放，並不斷傷心地哭著。

這時，索沃爾將艾倫和拉菲莉亞給重疊了。為什麼他不早一點這麼抱著拉菲莉亞呢？

就在這個時候，有個女僕走來，說她有話想說。

「怎麼了？有事嗎？」

羅威爾的這聲催促讓女僕下定決心開口：

「大小姐失蹤之前……有一封賈迪爾王子給大小姐的信寄來……」

女僕的話才剛說完，索沃爾和艾倫便回過神來，抬頭盯著女僕看。羅威爾則是不解地詢問女僕：

「為什麼殿下會寫信給拉菲莉亞？」

「大小姐和殿下是玩伴，大約從三年前開始，雙方就會頻繁見面。不過最近殿下不常來訪，比較常寄信……」

「難道說……擄走拉菲莉亞的人是殿下？」

「慢著。這麼說來，想得到艾倫做的藥的人是王室？」

凡克萊福特家和王室之間的糾葛並非三言兩語可以說明。

話雖如此，這毫無疑問是個糟糕的手段。羅威爾不覺得他們會為了得到藥採用這種手段。

「……歹徒是看準了她被殿下叫出去的時機，把人綁走的嗎？」

羅威爾點頭同意艾倫所說的話。

「雖然還不知道為什麼要把人叫出去，不過這個可能性很高……喂，凡！」

羅威爾對著天花板叫，凡便瞬間現身。

「吾在。」

「你聽風聲的時候，有聽到殿下這個詞嗎？」

「有，那群人好像偷偷摸摸地在到處探查。」

凡這句話讓周遭一陣騷動。

「他在領地裡？」

「在喔，說是要調查公主殿下的藥。」

凡一直有依據羅威爾的指示，從風聲當中截取關鍵字。

「凡克萊福特」、「公主」、「藥」。他不斷聽著這些和艾倫相關的語詞，同時進行確認。

凡說完後，索沃爾激動地站起。

「在哪裡！他們人在哪裡！快帶我去！」

凡大概是被索沃爾氣沖沖的樣子嚇到了。儘管只有一瞬間，艾倫並沒有錯過他的瞳孔突然縮得細長，頭部與背後也現出耳朵與尾巴，並豎起全身的毛的樣子。

＊

賈迪爾等人在旅店裡整理收集來的情報時，樓下突然傳出疑似怒吼的聲音。他們不禁皺起眉頭，疑惑到底發生了什麼事。

「……搞什麼？」

「是樓下有人在吵架嗎？」

護衛們這麼說著。其中一個護衛——托魯克表示要下去確認，往門口走去。就在這個時候——

房門隨著「砰」的一聲巨響被人踢破。

面對迎面飛來的門板，托魯克拔劍將它砍成了兩半。其他人也在一瞬間將賈迪爾往自己身後推，然後拔劍。

只有賈迪爾和休姆兩個人因這突如其來的狀況愣在原地。

托魯克透過批成兩半的門板間隙看著襲擊他們的人。

當他看清對方是一臉憤怒地瞪著他們，毫不隱藏殺氣的凡克萊福特家領主時，訝異地睜大了眼睛。

「……沒想到凡克萊福特領主居然親自做出這等事。」

「閉嘴，你們擄走了我的女兒對吧？放人。我要你們立刻放人！」

面對盛怒的索沃爾，所有人臉上都充滿不解。

「……女兒？擄走……？你是說拉菲利亞？」

賈迪爾開口詢問索沃爾在說些什麼。

「還想裝傻嗎！」

索沃爾在盛怒之下拔出劍來。現場頓時被包圍在一陣緊張之中。就在這個時候——

「叔叔，不行————！」

轉移過來的艾倫抓住索沃爾，用盡全力想阻止他。

「拉菲莉亞不在這裡！精靈們已經確認過了。所以叔叔，你冷靜一點！」

見艾倫用力抱緊自己的脖子，索沃爾的眼神在一陣游移後轉為心慌。

「……不在？拉菲莉亞不在這裡？」

索沃爾瞬間失去力氣，整個人當場跪倒在地。現場只有艾倫拚命叫著「叔叔，振作一點」的聲音。

然而此時，艾倫聽見背後傳來一道恍惚的聲音。

「……艾倫？妳是艾倫嗎？」

艾倫記得這個聲音。

她一直在石碑的另一側聽著這個聲音。

那道聲音一直對她說想見她，說想道歉。一直說著只見一眼就好，再見一次就好。

每當艾倫聽見那道懇求之聲，她便會哭泣。

艾倫在驚訝之中回頭，那裡就站著長大的賈迪爾。他的樣貌已經不像第一次見面時那樣了。

艾倫和賈迪爾都一愣一愣地張大了眼睛。

艾倫頓時想起三年前的那件事。圍繞在王子身邊的黑霧就是精靈的詛咒。

「……艾倫，我好想見妳。」

就在賈迪爾準備靠近艾倫時，一名護衛阻止了他。

「萬萬不可，殿下！」

「我只是要跟她說句話。我好不容易才見到她！快放手！」

賈迪爾看著艾倫的眼神令她感到害怕，她抓著索沃爾的那雙手忍不住顫抖。

即使要硬來，賈迪爾也想來到艾倫身邊。他身上的詛咒黑霧開始騷動，似乎發現賈迪爾心心念念的對象就是女神之子了。

「不要……別過來……！」

就在艾倫怕得閉上眼睛時——

「可以麻煩你別靠近我的女兒嗎？」

羅威爾的聲音從賈迪爾後方傳出。

羅威爾轉移到賈迪爾正後方，然後輕輕用手碰了他的脖子。場面瞬間陷入膠著。

他從賈迪爾的後方，對著賈迪爾的耳朵輕聲警告。

「殿下……！」

「羅威爾．凡克萊福特！」

見羅威爾已經繞到賈迪爾背後，護衛們紛紛驚覺不妙而叫出聲。

羅威爾臉上雖掛著笑容，聲音卻極為冰冷。賈迪爾感覺到背後有個散發冰冷氣息的存

在，身體頓時無法動彈，臉色也瞬間刷白。

「你已經忘記三年前你靠近我的女兒，結果發生了什麼事嗎？」

面對羅威爾這一席話，賈迪爾無言以對。

他並沒有忘記。只是一想到終於見到了艾倫，他就忍不住心中的急迫。

但護衛們不懂羅威爾話中的意思，各個皺起眉頭，唯有休姆一個人似乎聽懂了什麼。

「……三年前？靠近……？」

三年前，那正是王室的人們發現自己受到了精靈詛咒的時候。而且那名少女恐懼的樣子跟他的精靈——艾許特懼怕賈迪爾的樣子很相像。

「……難道說，關於精靈公主的傳言是真的？」

聽到休姆吃驚地說出的這麼一句話，羅威爾迅速移動視線看向他。休姆和羅威爾對上視線後，發出「噫」的慘叫聲。羅威爾的眼神完全沒在笑。

「你是誰？」

羅威爾笑著問道，卻害得休姆冷汗直流。但他立刻重整心情，筆直看向羅威爾。

「我是宮廷治療師，名叫休姆。」

「哎呀哎呀，我才想說你們怎麼偷偷摸摸地來這裡探查，原來是這麼回事啊。」

羅威爾笑著支配全場。

隨後，他立刻催促賈迪爾等人將一切從實招來。

＊

羅威爾催促，想盡快問出情報，但由於旅店的房門被破壞，圍觀的人已經逐漸聚集過來了。

因此，他們請旅店老闆準備了另一間房間，移動到那裡問話。羅威爾設好結界後，馬上切入正題。

「沒想到你們會帶著宮廷治療師過來。我猜是來調查藥的事情吧？」

「大哥，慢著。應該先問拉菲莉亞的事。為什麼她不在這裡？是你們把她叫出來的吧？」

索沃爾這句話讓賈迪爾等人面面相覷。

「你在說什麼？」

擔任護衛的佛格不解地問。索沃爾聽了，只能拚死壓抑心中的焦躁開口：

「小女收到殿下的信，所以一個人溜出宅邸……之後就下落不明了。」

「拉菲莉亞她？」

「是你們叫她出來的，對吧！我女兒收到蓋有王室封蠟的信之後，就不見了啊！」

「先等一下，我並沒有送信給拉菲莉亞！」

索沃爾聽了賈迪爾這句話，整個人僵在原地。

「這是怎麼回事……？」

他這聲困惑，讓賈迪爾等人也跟著露出不解的神情。

如果賈迪爾的話屬實，那就是有第三者偽造王室的封蠟，把信送到拉菲莉亞手中了。

「難道綁匪事先調查過，知道拉菲莉亞和殿下之間有書信往來嗎？」

羅威爾這麼說，而索沃爾似乎想起了某件事。

瞧他極為疲憊地嘆了一口氣，羅威爾馬上詢問他是否注意到了什麼。

「是我女兒……她總是炫耀著，說她和殿下之間有書信往來……」

此話一出，周遭所有人都難以置信地瞪大了眼睛。

若是說出自己和王室之人有親密的書信往來，不知道會被捲入什麼麻煩當中，就像現在拉菲莉亞被假的書信矇騙，進而被綁架一樣。

而且，一旦周遭的貴族們知道你和王室有關係，便會胡亂猜忌，散布一些無憑無據的謠言。

其中應該也有為了陷害凡克萊福特家而說的謠言吧。

「我已經告誡她好幾次了……但既然發生了這種事，代表她大概是沒把我的話聽進去吧……」

艾倫聽完，心裡想著一般的女孩子應該都會想大肆宣傳自己和王子有書信往來的。

何況，她聽說拉菲莉亞原本生長於市井。就算教她貴族的規範，她應該也要好一段時間才會萌生自己是貴族的自覺。

而且索沃爾說過，拉菲莉亞現在是叛逆期。越是告誡她，她越會反抗。

「我還以為綁匪是把她誤認成艾倫了……」

「她那麼大肆宣傳，早晚都會被人抓走。」

勒貝以傻眼的語氣回應索沃爾沉痛的聲音。

因為拉菲莉亞的任性，讓賈迪爾他們的任務遭到妨礙。面對這種情況，勒貝也不得不嘆氣。

現在沒了尋找拉菲莉亞的線索，索沃爾苦惱地抱著頭。

「……剛才說拉菲莉亞被誤認為艾倫是怎麼回事？」

「殿下，應該是為了那個藥吧？根據市井的傳言，藥是凡克萊福特家的公主帶來的吧？」

賈迪爾等人的視線同時看向艾倫。

艾倫被嚇到，抖了下身體。始終扶著她的索沃爾見狀，立刻將人藏到身後，擋住所有人的視線。

「為什麼你們要問藥的事？」

「……有傳言說那藥治好了本來致死的絕症，所以我們決定前來調查，看是不是真的有

藥具有那種效果。」

「殿下！」

「隱瞞也不是辦法吧？為了證明我們沒有擄走拉菲莉亞，只能據實以告了。」

「真不愧是陛下的兒子，這麼明事理，說起話來方便多了。」

羅威爾親切地笑道，但他的眼神卻完全沒有笑意。

賈迪爾頂著發青的臉色開口說：

「要是傳言擴大，生病的人都會聚集到這個地方來……陛下很擔心這點，因為據說發現那名手腕高明的藥師的人就是艾倫。」

賈迪爾表示，陛下是擔心艾倫可能會被捲入事件，所以才會命令他來查明真相。

聽到腹黑先生在擔心自己，艾倫不禁睜大眼睛。

他為什麼要擔心我呢？艾倫轉動頭腦，試圖解讀腹黑先生的企圖，卻因此晚了一拍才察覺到悄無聲息靠近自己的存在。

「吶，我的名字是休姆，是一個宮廷治療師。為了調查藥品，所以被王子命令隨行，實在是有夠麻煩耶。話說回來，妳是精靈公主嗎？」

「…………」

事情來得太過突然，艾倫一時半會兒跟不上，只能呆站在原地。羅威爾都已經那般提出警告了，他卻一點都不怕嗎？索沃爾姑且也在警戒之中，但或許他也和艾倫一樣，在想著同一件事，並未及時行動。

羅威爾板起臉孔，小心觀察著他是否會對艾倫不利。不過，休姆只是稍稍走近，並沒有繼續靠近，因此羅威爾也僅只是觀察，沒有採取任何行動。

對精靈就是朋友的休姆來說，王室之人是他不太想接近的存在。他見艾倫等人的態度，判斷他們和他立場相同，在敵人的敵人就是朋友的想法驅使之下，才心一橫做出這般舉動。

儘管艾倫始終閉口不答，休姆也不覺得冒犯，反而笑臉迎人地繼續說：

「其實我呢，也有個精靈的朋友喔。他叫做艾許特，很可愛喔。」

這實在太令人好奇了。一個離王室這麼近的人，居然和精靈締結契約？

「……你有跟精靈締結契約？」

「嗯，他是我的好朋友。妳不信？那我讓你們見個面吧。啊，殿下，請你退到角落。」

當休姆叫賈迪爾退到房間角落時，不只艾倫，連索沃爾和羅威爾也因出乎意料而張大了眼睛。既然他和精靈締結了契約，代表他也知道精靈厭惡王室成員一事。

被迫退到角落的賈迪爾直瞪著休姆。不知為何，他大叫要休姆別靠近艾倫，那讓艾倫感到費解。

不過，王子的命令對休姆而言似乎無關緊要。他把賈迪爾趕到角落後，彷彿完成了一件工作似的滿足地笑著。

「艾許特，過來吧！」

休姆這麼叫道，隨後空中「砰」的一聲飄出煙霧，某樣東西就這麼憑空落下。
所有人反射性地看向地板，只見一隻歪著頭的兔子出現在了那裡。
『啾？』
叫做艾許特的兔子晃動耳朵，望著休姆不斷上下動著鼻子，似乎在說「有事嗎？」。
「我來介紹，他是艾許特。艾許特，你看，是公主喔。」
休姆邊笑，邊將艾倫介紹給艾許特。
有股非常不祥的預感。
『公主顛下啊啊啊啊！』
一如所料，艾許特一見到艾倫，便開心地撲了上去。

＊

（穿幫了。盛大地穿幫了。居然被精靈掀了我的底……）
艾許特一邊開心地啾啾叫，一邊湊到艾倫身旁。艾倫見狀，伸出雙手抱起他。
艾倫和羅威爾同時嘆了口氣。
「啊……真是一個意外的伏兵……」
「他這麼可愛，都狠不下心罵他了……」

艾倫摸著艾許特的頭苦笑。

「爸爸，已經夠了吧？反正只要叫他們保密就好了。」

「艾倫，妳是認真的嗎？」

「我的藥的事已經傳到王都了。既然這樣，就不能讓領地獨占，要讓王室進行管理然後發配到各個領地，不能全集中在一個地方。」

「……」

「不管怎麼樣，情況都已經超過治療院能處理的範圍了。爸爸你們也發現了吧？」

面對艾倫的問題，羅威爾等人無言以對。艾倫於是將他們的沉默視作肯定。

「他們要調查的是關於藥的事，那就告訴他們吧。不過條件是，要先幫我們找拉菲莉亞。」

艾倫直視著賈迪爾等人，往前踏出一步。

她將艾許特放回地面，行了個淑女之禮。

「各位幸會。我叫艾倫，是精靈王的女兒。」

賈迪爾等人聽見艾倫說的這句話，全都瞪大了雙眼，啞口無言。

＊

艾倫剛才那番話讓賈迪爾等人遲遲不知該如何切入話題，就這麼愣在原地不動。

「艾倫……這樣好嗎？」

「索沃爾叔叔，我不是已經在各個地方被人稱作公主了嗎？就算再多一個，還是不會改變大家對我的印象啊。」

凡克萊福特家的小公主、治療的公主、精靈公主……索沃爾回頭一想，才發現真的是這麼一回事。

「而且陛下早就知道了，他也是那麼叫我的吧？」

艾倫望向賈迪爾，賈迪爾這才像是回想起什麼似的，露出驚訝的神情。

拉比西耶爾確實是用「精靈公主」來稱呼艾倫。

「怎麼會……妳真的是……？」

「陛下在擔心我的安危，這就是最明顯的線索。陛下很重視精靈，要是我被捲進什麼麻煩當中，他害怕我們會離開這片土地。」

艾倫是英雄的女兒，而拉比西耶爾尤其想得到羅威爾的力量。要是艾倫有什麼萬一，他很肯定羅威爾一定會有所行動。

「原來是這麼一回事啊……」

到此，他們終於明白拉比西耶爾的企圖了。

既然傳言已經傳得如此沸沸揚揚，艾倫的身邊必定會充滿麻煩。那個藥具有很高的療

效，這件事越是廣為人知，出事的機率也就越高。如果藥品的來源是羅威爾或艾倫，眼前出現王室之人這件事所代表的意義就很明顯了。

如果將綁架事件看作是為了突顯賈迪爾的存在的手段，那一切就合情合理了。就算他們察覺到這是陷阱，拉比西耶爾相信艾倫也不會退卻。

「……這下子事情全照著陛下的計畫走了。照這個樣子看來，拉菲莉亞說不定真的是被王室的手下擄走了。」

艾倫說完這句話，賈迪爾整個人都愣住了。

「這是怎麼一回事！」

「現狀可說是陛下最想要的局面。如果人真的是被王室的人擄走，請殿下做好相應的覺悟。」

「我已經說我不知情了啊！」

「陛下沒有必要告訴你這些，他就是這種人。」

賈迪爾聽了艾倫的話後，完全無言以對。直到現在，他才發現拉比西耶爾當初是以國王的立場將這份任務交給他，其中並沒有父子之間的慈悲。況且，倘若真有內情，拉比西耶爾更是不會明說。國王只會將國家放在第一順位，為了得到對國家有益的情報，對小孩演一齣戲是再簡單不過的事。

「……我被利用了嗎？」

「只要找到拉菲莉亞就會知道真相了。所以，請殿下幫我們一起找人。」

「把人看扁到這種程度，還叫我們幫忙？」

其中一個護衛不悅地說道。

「你們的任務已經宣告失敗，你要這麼向陛下報告嗎？」

「……也只能如實稟報吧？」

「陛下想必會吐出失望的嘆息吧。但如果我說……挽回局面的方法就是救出拉菲莉亞，你們會怎麼做？」

「……為什麼救人能挽回局面？」

「這是交易。只要殿下願意幫忙，我就會提供藥的詳細成分和些許實品。不過條件是——平安救出拉菲莉亞。」

「妳是什麼意思？」

「這是陛下的希望。他想得到藥的詳細成分和實品，以及今後的管理權。只要你們把這些帶回去，任務就不算失敗了吧？」

「……妳能保證事情如此嗎？」

「我是精靈王的女兒，我以身為元始之王的女兒的驕傲立誓。」

「元始之王……」

她是被歌頌為這個世界一切起始的女神的孩子。

筆直看著他們的那雙眼眸有如寶石，有著人類不可能擁有的美麗。若說她就是精靈，賈迪爾等人也能接受。

「……好吧，我也很擔心拉菲莉亞這個朋友。」

賈迪爾正面看著艾倫，答應幫忙，但羅威爾似乎看不太慣局面變成這樣。

「……艾倫，你為什麼要讓他們幫忙？」

「……妳怎麼會這麼想？」

為了回答羅威爾的疑問，艾倫看了一眼賈迪爾的護衛們。

「為了以防殿下遭遇像拉菲莉亞這種不測，護衛們一定都在事前受過訓練了。」

「因為殿下也是很容易被盯上的人物不是嗎？我們這裡沒有人可以應付這種場面，可是人命關天，現在不該吝惜人才。」

聽完艾倫的話，護衛們都是一陣驚訝。羅威爾則是說了句「原來如此」。

「我們已經請精靈用風之力收集情報了。這在室外行得通，但如果那些人進入了建築物，牆壁就會阻礙風的傳遞，無法順利聽到聲音。所以，我想請你們推測出綁架犯會把孩子藏在哪些建築物當中。」

「利用風之力收集情報……？」

「啊，是那個把病菌吹到天空的精靈！」

休姆這句話令艾倫很是驚訝。原來他看得見嗎？

「你……發現了嗎？」

「我就想說這裡怎麼有個風的高階精靈。這樣啊，原來還有這種用法。」

艾倫看著一臉佩服的休姆，眨了眨眼睛。這個名叫休姆的男人，和精靈的親和度似乎相當高。

不過驚訝還是暫且放在一旁，艾倫繼續往下說：

「我們現在知道犯人至少有三個人。可以麻煩你們找出一個小孩、三個大人可能藏匿的地點，或是可能去往的地點嗎？」

護衛們彼此對視，接著點頭。

旅店的房間瞬間成了會議室。所有人一邊看著艾倫拿出的領地地圖，一邊交換彼此的意見。

「犯人的目的是什麼？」

「精靈說他們談論過藥的話題。那些人推測製藥的是和小女締結契約的精靈，又或者，是小女讓藥師製藥的。他們大概是想抓小女當人質，逼她讓人製藥吧……」

「……這麼說的話，綁匪應該會要求貴府準備藥吧？」

「我已經請精靈看守宅邸了，要是綁匪有要求，精靈會立刻告訴我。如果要我們準備藥品交易，無論如何都會花上一點時間不是嗎？所以他們一定有一個躲避的場所。」

艾倫這句話又讓護衛瞪大了眼睛。

「……妳還真習慣這種場面。」

護衛小聲呢喃出的這句話，讓艾倫心虛地抖了下身體。她確實是以生前的記憶來做應對，但她沒想到自己竟會被如此懷疑。然而，賈迪爾卻沉痛地看著艾倫。

「艾倫……妳以前也被綁架過嗎？很痛苦吧？妳不用勉強自己回想起來沒關係喔。」

賈迪爾的言語令艾倫瞬間僵在原地。他似乎以為她是個過來人。

而且，似乎是聽了護衛那句「還真習慣」，賈迪爾這才發現艾倫經常被人盯上，尷尬地道了歉。

「啊，不會……」

但艾倫也不能再回頭討論這件事，只好就這麼順著賈迪爾的話走。這時，她和羅威爾對上視線。

羅威爾就像察覺了別人的惡作劇那般，表情顯得樂在其中。隨後，他悄悄對艾倫坦白：

「我們的艾倫只是太過聰明，先預測到了情勢而已。追根究柢，我怎麼可能會犯下讓可愛的女兒被人拐走的失誤呢？」

面對笑著說出這番話的羅威爾，艾倫也只能回答：「就是說啊。」

（爸爸，可惜你也錯了……）

不過算了──艾倫嘆了一口氣。

＊

其中一名護衛——佛格始終皺著眉頭。

「有辦法確保退路的地方……三個大人和一個小孩……」

他喃喃自語，正在思考著什麼。最後，他似乎終於發現符合條件的場所，伸手指著地圖上的一點。

「就是這裡吧。」

佛格所指的場所，是設置在森林入口的伐木工休息站，那裡離凡克萊福特領的城鎮有些距離。

那裡完全沒有人煙。只要走一小段路，就能通到道路，就算有個萬一，也能逃進森林，是個用來躲藏的絕佳場所。

艾倫急忙呼叫凡。

「凡！」

聽到艾倫這一喊，凡以人形姿態憑空現身。賈迪爾等人見狀，在驚訝之餘全繃緊了身體。

「怎麼了，公主殿下？」

「我有事想拜託你，拜託你從空中探查這個地方的小木屋。如果裡面關著一個女孩子，

麻煩你確保她的安全！如果旁邊有大人，你就用魔法抓住他們。」

艾倫一邊指著地圖，一邊拜託凡。

「了解！」

那吾出發了——凡行過禮後，就這麼消失在現場。

「……那是高階精靈？」

「凡是大精靈喔，有辦法變成人形的精靈就是大精靈。」

羅威爾解答休姆的疑惑。

休姆等人聽完，瞪大了眼睛，嘴裡呢喃著：「大精靈……」

「現在先等待消息回報吧。叔叔，一定不會有事的。」

「好，真是抱歉……謝謝妳了，艾倫。」

瞧索沃爾不斷望著走廊，想必是很想馬上奔赴現場吧。

但等待凡回報後再行轉移，就能在瞬間移動到現場。

或許他也知道這樣比較有效率，因此艾倫看得出來，索沃爾正在忍耐焦急的心緒。

室內被沉重的沉默圍繞，索沃爾只能一個勁地祈禱拉菲莉亞平安。

如果艾倫見過拉菲莉亞，就能使用精靈的水鏡尋找了。

但為了不要見到艾莉雅，艾倫並未見過拉菲莉亞。既然不知道她現在的長相，自然無法

尋找，更無法斷定這個人就是拉菲莉亞。

順帶一提，羅威爾對艾倫以外的孩子一點也不放在心上，認為他們全都長得一樣，所以也完全不記得拉菲莉亞的長相。

正當索沃爾後悔之際，賈迪爾從不遠的角落出了聲。

「艾倫，如果拉菲莉亞平安回來……我希望妳能和我談談。」

艾倫看著賈迪爾。她一直都覺得總有一天必須把話說清楚。

畢竟他們也不可能永遠前往那座石碑報告。

「……好，我知道了。」

見艾倫答應，賈迪爾的臉就像綻放了花朵一樣開心地笑了。

賈迪爾那張笑容讓艾倫無法移開視線。就在她直盯著賈迪爾看時，眼前突然被某種東西擋住，視線變得一片黑。

「咦？」

看樣子是有人從後面遮住自己的視野了。艾倫回頭一看，只見羅威爾就笑著站在那裡。

「艾倫，不行喔～」

「什麼？」

艾倫不解地歪頭詢問，羅威爾於是告訴她——詛咒會產生反應，所以不能靠近殿下。

「啊……也對。」

王室的詛咒會對女神之力產生反應，為了尋求協助而伸出雙手。

三年前，艾倫就曾因此碰觸詛咒，不慎窺探到那段悲傷又沉痛的記憶。如果問她是否想再體驗一次，她完全可以馬上回答「不想」。

艾倫於是快速遠離賈迪爾，躲到羅威爾身後，這讓賈迪爾明顯受到打擊。羅威爾見狀，得意地露出不懷好意的笑容。

在遠離了賈迪爾的地方，羅威爾將艾倫抱到大腿上坐著，等待精靈的回報。這時，羅威爾悄聲問了艾倫：

「艾倫，爸爸問妳，妳剛才為什麼要盯著殿下的臉看？」

「咦？」

「妳剛才不是答應他可以跟他談談嗎？」

艾倫總算聽懂了羅威爾問的是什麼事，於是說出她盯著殿下看的理由。

「因為我想不通，為什麼只是約好可以說話而已，他就露出那麼燦爛的笑臉……」

「噗……！」

「……爸爸？」

羅威爾突然噴笑。接著宛如隱忍著什麼似的不斷抖動雙肩。

「我、我都忘了……其實妳是塊小木頭。」

「這是什麼意思？」

聽見這句不講道理的話，艾倫鼓起腮幫子，羅威爾戳了戳她的臉頰。

「艾倫真是可愛啊，妳要永遠保持這樣喔。」

「我倒是覺得爸爸一點也沒變，永遠都很煩。」

「好過分！」

見羅威爾抱緊艾倫，嘴裡喊著「我明明這麼愛著妳這個女兒啊」，賈迪爾等人全都啞口無言。

「爸爸……你不覺得單方面的愛會給人很大的負擔嗎？」

「妳在哪裡學到這句話的！」

「爸爸和艾倫是兩情相悅啦～～！」當羅威爾這句話響徹室內每個角落時，凡突然憑空落下。

「公主殿下。」

「凡！結果怎麼樣！」

「公主殿下說得沒錯，小屋裡有五名男子和一名少女，所以吾把大人們都抓住了。」

「做得好！爸爸！叔叔！」

「走吧，索沃爾。」

「好！」

羅威爾也不忘吩咐凡與在宅邸待命的精靈取得聯繫，叫他們請艾伯特和凱準備馬車，再

跟其他精靈一起連馬車整個轉移到目的地。

如果只有凡一個人，恐怕力不從心，但只要和其他待命的大精靈一起，就能帶著馬車轉移到目的地了。

「慢著！拜託帶我們一起去！」

賈迪爾上前提出要求，但他們實在不認為艾倫或羅威爾有辦法抱著賈迪爾一起轉移。

「怎……怎麼辦？」

「唉，都讓他們做到這個地步了，肯定很在意結果如何吧？應該沒差，你們手牽手圍成一圈。啊，護衛要站在殿下的兩側喔。」

儘管他們被羅威爾這不由分說的發言弄得倉皇失措，還是互相牽起手。艾倫從沒想過還有這種手段，不禁佩服起羅威爾。

艾倫的兩側分別是羅威爾和索沃爾。如果和羅威爾一起進行，就算有這麼多人，應該也能成功轉移。

艾倫沒想過她竟然會和一群大人們手牽手圍成圈。

她覺得就像在玩遊戲一樣，令人興奮——不過這是祕密。

＊

一行人轉移到小屋前，馬上看見那裡倒著兩個大人，他們的腳都受傷了，看樣子已經昏厥過去。

艾倫看見其中一個在宅邸待命的大精靈現身在空中飄盪，對他開口：

「謝謝你！做得很好！」

「喔喔，公主殿下。」

大精靈輕輕降落在艾倫身邊，艾倫於是問起其他人的下落。看樣子，似乎是要以這位大精靈為據點，將整台馬車拉到這邊來。

索沃爾也不好好確認昏倒的男人們，只顧著衝進小屋，嘴裡不斷喊著拉菲莉亞的名字。

「拉菲莉亞！拉菲莉亞！」

索沃爾進入小屋後，見到地板上倒了三個男子。

接著他往裡面看去，被繩子綁住的拉菲莉亞就在那裡。

「拉菲莉亞！」

「嗯～～！」

發現來的人是索沃爾後，拉菲莉亞的眼眶湧出淚水，一顆一顆往下掉。

「已經沒事了！」

索沃爾急忙替女兒取下嘴裡的口塞，並解開身上的繩子。

凡他們也回到在小屋外待機的艾倫身邊，艾倫對他們說「做得好」。

「多虧大家幫忙，人已經得救了，謝謝你們！」

「有趕上真是太好了。」

艾倫向笑得和藹可親的大精靈們道謝，所有人則輪流摸了摸艾倫的頭。

這個時候，索沃爾抱著拉菲莉亞從小屋當中走了出來。賈迪爾見狀，大喊了拉菲莉亞的名字。

拉菲莉亞看見賈迪爾，眼淚更是不受控制地流了出來。

「賈迪爾～～！」

「拉菲莉亞，幸好妳平安無事……」

賈迪爾湊上前，靠近抓著索沃爾的拉菲莉亞。

艾倫只是站在遠處看著。見拉菲莉亞平安，她也放心地吐出一口氣。

賈迪爾的護衛們將屋外和屋裡被綁住的男人們集中在一個地方。

他們檢查著男人們的持有物。看他們的手法如此熟練，艾倫很慶幸當初有拜託他們幫忙。

隨後，連同馬車和大精靈們一起被轉移過來的艾伯特一到場，便大聲詢問人是否平安。

「凡，謝謝你！」

「吾很努力喔！」

凡得意地吐出鼻息，並在艾倫跟前蹲下，試圖索取犒賞。艾倫回過神來，這才發現凡現

在明明是人形，尾巴和耳朵卻冒了出來，還不斷晃動著。她於是一邊笑著道謝，一邊大肆撫摸他的頭。艾倫一摸凡的頭，凡的尾巴就開心地大力左右搖晃。

這頭狼尾髮型也好，根本就像一隻狗嘛——艾倫在心中悄悄想著。

「老爺！」

索沃爾一聽見艾伯特這聲叫喊，便出聲告訴他「在這裡」。艾伯特於是上前，將他帶來的毯子蓋在拉菲莉亞身上。

「艾倫，還有大哥……真的很謝謝你們。」

索沃爾低頭致謝。就在羅威爾回答「沒事就好」時——

「妳就是艾倫嗎！」

拉菲莉亞突如其來的怒氣不僅讓周遭大人們一陣驚訝，就連艾倫也感到吃驚。

「都是妳害的！我會這麼慘都是妳害的！妳太過分了吧！」

看來拉菲莉亞已經知道自己會被人擄走，是因為這些人把她誤認成艾倫了。對方大概也問了她很多關於藥的事吧。

「拉菲莉亞！」

索沃爾這聲斥責令拉菲莉亞縮了縮身子。

「妳是不是四處吹噓自己和殿下有書信來往？就是因為這樣，妳才會被人盯上啊！我應該已經告誡過妳好幾次了。這件事和艾倫無關！打從一開始，妳就早晚會落到這種下場！」

「爸爸你好過分……！為什麼？你總是這樣！大家也是，開口閉口都是艾倫！我也很努力啊！我明明是爸爸的孩子，卻沒有人認同我！」

拉菲莉亞這些話讓索沃爾吃了一驚。

「你們總是這樣。宅邸的女僕、傭人，還有城裡的所有人全都只會說艾倫！凡克萊福特家的小公主是怎樣啊！大家都笑我說『原來不是妳嗎？』。」

拉菲莉亞一邊落淚一邊說。

聽見首次從拉菲莉亞口中說出的這些話，索沃爾愣在原地。

「拉菲莉亞……」

拉菲莉亞聽到艾倫這聲叫喚，惡狠狠地瞪她。

「妳到底跟我有什麼仇啊！」

「我跟妳沒有仇。我只是以爸爸的女兒的身分，幫凡克萊福特家做生意而已……」

「妳說妳會幫忙？」

「對，我和爸爸一起幫忙家族的事業。大概是因為我是爸爸的血親，大家才會誤會我是直系繼承人，真的很抱歉……」

「……明明和我同年，卻跟大伯一起幫忙？」

或許是因為艾倫的那句話讓她回過神來，只見拉菲莉亞看見了站在艾倫身後的羅威爾後，整個人都愣住了。

「……跟大伯一起？」

「對，跟爸爸一起。」

這回她改看著艾倫發愣。雙方四目相交後過了一會兒，拉菲莉亞收回眼淚，就這麼由下到上打量了艾倫全身。

「是喔～」

（……她幹嘛？怎麼露出這種挑釁的眼神？）

「賈迪爾也常說想見見妳……不過妳真的跟我同年嗎？」

直到剛才為止，拉菲莉亞都因為恐懼而淚眼婆娑，此刻卻瞬間一掃那副樣貌，給人的感覺完全改變。

她充滿挑戰意味地哼了一聲，直挺挺地站著，與艾倫對峙。

她有著符合年紀的身高……不對，甚至更高，應該有一百六十公分左右。

艾倫一愣一愣地仰望她，兩人之間的差距恐怕多達三十公分。

只見拉菲莉亞挺起胸膛，炫耀勝利似的笑道：

「妳各方面都很小耶！」

（各方面……？）

包含艾倫在內，周遭的大人們也不懂這句話的意思。

然而拉菲莉亞哼的一聲再度挺起胸膛，彷彿要艾倫將重點放在那裡。

艾倫也立刻懂了拉菲莉亞想表達的意思，不甘地渾身顫抖。

「人……人……」

儘管拉菲莉亞還是個少女，卻看得出來「那裡」已經有了一對逐漸發達的雙峰。

艾倫忍不住看了自己的「那裡」，兩相比較。

「人……人家以後還會長嘛！」

她淚眼婆娑地壓著自己的胸部，反過來瞪拉菲莉亞，大人們這才看懂是怎麼回事。

部分大人傻了眼，賈迪爾、凱和休姆則是紅著臉，紛紛別開視線。

生前的自卑感被刺激，艾倫的眼裡不斷落下淚水。

「嗚噎噎……人家還會變大嘛……」

艾倫發出嗚咽，這時羅威爾將艾倫抱起，就像要保護她不受拉菲莉亞傷害一樣。

「艾倫的媽媽胸部很大，所以妳放心吧。要是太早變大，以後就會提早下垂，還是別太介意比較好喔。」

「爸爸……」

艾倫忍不住埋在羅威爾的胸膛裡哭泣。

在場所有人都覺得羅威爾說了一句極其失禮的話，因而一陣傻眼。拉菲莉亞這個當事人聽了羅威爾的話，愣在原地不動。

羅威爾抱著哭個不停的艾倫，留下一句「我先回宅邸」後，便當場轉移離去。

羅威爾消失後，其他精靈們也接二連三消弭身影。

留到最後的凡毫不客氣地瞪著拉菲莉亞，然後拋下一句話：

「區區一個人類……竟敢對公主殿下如此失禮。給吾記住了。」

此時只有賈迪爾、賈迪爾的護衛，還有休姆知道——拉菲莉亞惹火了大精靈。

索沃爾等人對這一連串事情感到無言以對，疲憊得吐出大大的嘆息。

見羅威爾和艾倫突然轉移回來，伊莎貝拉和羅倫都嚇得差點從椅子上跳起來。

「討厭啦！拜託別嚇人啦！」

「歡……歡迎二位回府，羅威爾……大人……？」

伊莎貝拉和羅倫一發現艾倫在羅威爾懷裡啜泣，便驚訝地詢問這是怎麼一回事。

「艾倫到底怎麼了？難……難道是拉菲莉亞發生什麼事了嗎？」

「拉菲莉亞平安無事，因為艾倫很努力找人。」

「……那為什麼她一直哭呢？」

「被拉菲莉亞惹哭了。」

「這……這是怎麼回事！」

羅威爾將艾倫抱到寢室。沿途，他還不忘對羅倫下達指示。

「等一下拉菲莉亞他們會跟著索沃爾回來，我想殿下等人也會一起過來，你先準備好房間。」

「好的。」

羅倫和傭人們因為羅威爾這席話，開始匆忙整頓。即使如此，艾倫一直哭個不停，似乎讓眾人很在意，不斷往他們的方向窺探，以示關切。然而，羅威爾卻看也不看他們一眼，快步直奔寢室。

兩人一進了寢室，羅威爾便命令羅倫，暫時別讓任何人靠近，就這麼抱著艾倫一屁股坐上床角。

然後他小心翼翼地抱緊哭個不停的艾倫。

「吶，艾倫……」

羅威爾抱著艾倫，溫柔地輕聲問道：

「妳為什麼這麼想早點變成大人啊……爸爸會寂寞耶。」

「……爸爸？」

「就算是精靈，也沒辦法停止成長，妳總有一天一定會變成大人啊。為什麼不能一直維持現狀呢……」

「……」

「要是妳變成大人，就會離開我耶……這種事……這種事……」

「……爸爸？」

艾倫察覺羅威爾似乎不太對勁，在他的懷中抬起頭，仰望他的臉。這才發現羅威爾渾身都在顫抖。

「我不要啊啊啊啊啊！」

羅威爾就這麼抱著艾倫，在床上左右滾動。被抱在懷裡的艾倫只能和他一起滾動。

「唔嘎啊啊啊！」

「艾倫～～！爸爸絕對不會把妳嫁出去的啊啊啊！」

為了阻止失控的羅威爾，儘管艾倫已經滾得分不清上下左右，還是努力伸出雙手，用力拍打羅威爾的臉頰。

羅威爾叫了一聲「好痛……」後，他們終於停止滾動。

「爸爸啊啊啊！你到底是怎樣啊！」

「……呵呵。愛哭鬼小姐，不哭了嗎？」

艾倫訝異地仰望羅威爾，隨後輕笑出聲。

羅威爾一邊撫摸艾倫的頭，一邊露出溫柔的微笑。

艾倫確實被刺激到了生前的創傷，迷失了自我。

儘管因為意外地被刺激了舊傷所以哭了，過了這麼久，她總算恢復餘力，心想就算再怎麼傷心，哭成這樣也太不成熟了。

艾倫覺得她變成小孩後，思考有時也會倒退回小孩子。

「……我不哭了。」

「哎呀，現在變成大怒神了喔？」

「還不都是爸爸害的嗎！」

艾倫氣得猛搥羅威爾的胸膛，沒想到對方卻癢得呵呵笑。

「妳平常很可靠，幾乎不會哭。愛哭鬼的妳是很可愛，不過大怒神也很討人喜歡呢。」

羅威爾發揮蠢爸爸功力，開心地笑著。

雖然艾倫受不了他這個樣子，回過頭反省自己剛才的表現。

艾倫擁有生前的經驗，照理說她應該明白——孩提時代僅止於現在。

小的時候，她總想著長大成人。可是就算長大成人了，她的身體卻和從前一樣，沒什麼漲幅，所以她依舊持續憧憬著「長大」這件事。

後來她轉生，心想這次一定可以長大成人。

沒想到這副身體的成長趨勢緩慢，讓她心靈深處倍感焦急。

要是死了，「家人」也會在順間消失。

一旦長大成人，就會離開父母。這件事她明明在生前體驗過，現在卻因為憧憬長大，忽視了眼前的雙親。

她。

「……對不起。能當爸爸和媽媽的女兒，我好幸福……」

艾倫眼裡再度噙著淚水，攀附在羅威爾身上說道。她的話語令羅威爾屏息，用力回抱她。

兩人擁抱了一陣子後，艾倫整顆頭靠在羅威爾身上昏睡過去，看來似乎是哭累了。

這時候一股精靈的氣息傳來，讓她一口氣清醒。

「公主殿下！」

焦急的凡透過轉移來到這個地方。

「那個小丫頭！竟敢把公主殿下惹哭～～！」

艾倫訝異地看著凡氣呼呼的樣子。

「公主殿下！公主殿下！要吾去把那個小丫頭大卸八塊嗎！」

凡憂心忡忡地看著艾倫，不知所措地圍繞在她身邊不停打轉。然而當艾倫慌慌張張地阻止凡後，凡原本激動豎起的耳朵和尾巴卻立刻下垂。「對了，公主殿下，您請！請盡情摸吾吧！」

變回老虎型態的凡跳上床鋪，說了聲「請摸」後，便自動躺平，露出他的肚子。

而且他還甩著尾巴拍打床鋪，就像在表明「來吧」一樣。

見凡如此體貼她，艾倫開心地露出笑容。

「凡！」

艾倫就這樣往凡身上倒，整個人埋在他的毛皮當中享受。沒想到在她背後的羅威爾竟慢慢飄散出黑色的低氣壓。

「居然搶走我的艾倫……」

艾倫難得會這麼撒嬌啊……見羅威爾顯露出怒氣，凡抽動身體，臉色開始發青。

「爸爸也一起享受吧！」

艾倫一掃剛才的陰霾，笑容滿面地邀羅威爾一同撫摸毛皮，那讓羅威爾一陣錯愕。

但下一秒，羅威爾便笑著說：「那就一起吧！」兩人就這麼將凡的肚子當枕頭躺。

# 第九話　與王室談判

當他們回過神來，才發現艾倫就這麼睡著了。

羅威爾緩緩離開凡的身體，這個舉動引來凡以視線詢問：怎麼了？

（噓……）

羅威爾將食指擺在唇前，要凡讓艾倫就這麼繼續睡下去。

凡隨即表示了解，並用身體包覆艾倫，守護著她。

羅威爾以餘光確認過凡的動作後，直接從房間轉移到門外。只見傭人們聚集在房門前，偷偷窺探室內。

「你們在做什麼？」

「……非常抱歉。」

羅倫清了清喉嚨，立刻解散在場的傭人和女僕。

看樣子每個人見艾倫哭個不停，都擔心得不得了。

「艾倫小姐平靜下來了嗎？」

「是啊，已經沒事了。」

「那就好。老爺和客人們都在等您過去。」

「知道了，我馬上過去。」

在羅倫的催促之下，羅威爾快步朝會客廳走去。

羅威爾和羅倫一起進入室內，索沃爾、賈迪爾、賈迪爾的護衛們，以及艾伯特和凱都在裡面等著。

「讓你們久等了。」

「大哥，艾倫她……」

「她沒事，哭累之後睡著了。殿下，抱歉了，交易可以等明天再談嗎？」

「啊……可以。這倒是無妨。」

「小的會替各位準備房間，還請各位好好休息。」

羅倫行禮說道。賈迪爾見狀也說了一句：「好，麻煩你們了。」

「大哥，我替拉菲莉亞向你賠罪。」

「你真該道歉。我勸你還是多陪陪家人比較好。」

「……大哥說得是，我無言以對。」

「這是個好機會，你們好好談談吧。」

「好……」

「對了，殿下，您看過拉菲莉亞收到的那封信了嗎？」

羅威爾坐上沙發，對賈迪爾直接說出正題。賈迪爾的臉色瞬間刷白。

「我就知道，陛下就是這種人。」

羅威爾見了賈迪爾等人的模樣，知道事情發展一如他們擔心的那樣，不禁笑了。那張面容底下有著一雙冰冷至極的眼神，讓賈迪爾和他的護衛們背上流下冷汗。

「擄走拉菲莉亞的男人們呢？他們也是陛下派來的人嗎？」

「不是！那些人和王室沒有關係！」

護衛勒貝拚死辯解，羅威爾卻冷酷地反駁：

「你們要怎麼證明與你們無關？既然已經證明書信來自王室，那我方認為你們在背後操弄也是理所當然的事。」

「…………」

賈迪爾等人無言以對。畢竟拉菲莉亞被綁一事已經證實與王室有關了。

儘管賈迪爾並未寄信給拉菲莉亞，她手上的書信卻貨真價實是王室的東西。

凡克萊福特家的傭人和女僕都擅長武術，這是因為這個家族有著身為王室左右手的另一面，他們擅長的技能也不只有武術。

這封書信是否仿造了王室的封蠟——若連這點小事都看不出來，就別想在這個家當女僕。

正因為女僕手上的書信是「真品」，東西才會交到拉菲莉亞手上。

「陛下大概已經準備好他沒有和那些男人們勾結的證據，翹首期盼著我前去謁見了吧……」

羅威爾這聲嘟囔引來賈迪爾的疑問。

「殿下，這就是陛下的手段，所以我才討厭他。他用的正是這種只把自己的孩子當棋子的手段。」

羅威爾揭露難堪現實，賈迪爾恐怕已經知曉自己的立場了。

「我想這大概也是給殿下您的考驗吧。那個人實在是面面俱到。」

羅威爾手指一彈，將放在桌上的信往賈迪爾的方向彈去。

看著那封在半空中飄蕩的信，賈迪爾緊咬嘴唇。

「殿下，您和艾倫交涉的時候，艾倫應該說過了。如果這場綁架與王室有關，還請您做好相應的覺悟。」

沒錯，當時艾倫早已料到事情會變成這樣。

賈迪爾終於發現這點，忍不住低聲發出呻吟。

一個比自己小四歲的女孩子，居然完全讀懂了狡猾陛下的意圖。他察覺艾倫手腕之高明，忍不住把她和自己做比較。

「殿下，請您小心。因為我的女兒是有辦法和陛下對等談判的。」

羅威爾坐著，翹起他的腳，換成輕鬆的坐姿，顯現出他的從容。

一想到明天的交涉，賈迪爾和他的護衛們各個頂著難看的臉色，在羅倫的引導下離開了會客廳。

索沃爾坐在沙發上，嘆了口沉重的氣。

多虧艾倫的幫忙，領地正在一點點地恢復生氣。但他有自覺，他完全依賴著他人的恩惠。

索沃爾並沒有忘記王室對凡克萊福特家的執著，但就算王室真有那種企圖，他卻認為王室只會將焦點擺在近在眼前的羅威爾他們身上，而過於鬆懈了。他或許太過依賴這一切了。

他以為指派護衛給艾莉雅和拉菲莉亞就能安心，甚至把拉菲莉亞全權交給艾莉雅負責。他輕視了這一切，內心深處總以為這樣不會出事。

索沃爾現在明白自己的自負招致了當前這些結果，因此非常沮喪。

「……我很抱歉。」

羅威爾對坐在一旁的索沃爾謝罪，那讓索沃爾在驚訝之餘抬起頭來。

「大哥你在說什麼？」

「我明知道那幫人不惜用任何手段也想跟我們扯上關係……卻還是把你女兒牽扯進來。」

羅威爾愛著艾倫，所以他很清楚女兒被抓的憤怒。

「不是的。是我……是我太依賴大哥你們，結果過於自滿……！」

聽到索沃爾這麼說，羅威爾有些驚訝。

「我明知大哥你們被盯上，內心深處卻認定自己不會有事……結果就是這副慘狀。我只是一陣慌亂，甚至沒辦法靠自己找到拉菲莉亞！」

「索沃爾……你……」

「我就是……就是這麼沒用……非得等事情變成這樣，才明白拉菲莉亞有多重要……」

索沃爾用雙手遮住自己的臉，顫抖著雙肩。他大概沒想到自己會在陷入可能失去女兒的情況時，才萌生這些自覺吧。

羅威爾在艾倫出生前，有過一段拋棄了一切的過去。所以，他很清楚支持著自己的妻子和女兒有多重要。

「索沃爾，現在還不算太晚。」

「……大哥……」

「快去吧。艾倫明天就會行動了，到時候又會開始忙碌了。」

羅威爾苦笑著說，索沃爾於是向他低頭道謝。隨後，他馬上趕往艾莉雅和拉菲莉亞的所在之處。

羅威爾一個人留在會客廳，透過窗戶仰望藍天。

*

艾倫發覺自己似乎靠著凡就這樣睡著了。她一邊揉著眼睛，一邊尋找理應躺在自己身旁的羅威爾。

「……爸爸？」

她不斷環伺房間，卻不見羅威爾的身影。在一陣落寞之後，她往後一看，察覺艾倫醒來的凡露出笑容。

「公主殿下，早安。」

「凡，早安啊。」

多虧羅威爾和凡，昨天讓她傷心無比的焦慮感，現在已經消失無蹤。

艾倫回以一抹微笑，凡似乎放下了心來，用自己的額頭磨蹭艾倫的頭，然後靠上艾倫的額頭。

「是平常的公主殿下。」

「對不起，讓你擔心了。」

「這是哪的話！您根本不必道歉。吾不會原諒那個小丫頭的——！」

看來凡已經認定拉菲莉亞是敵人了。

「那……那個！凡，其實拉菲莉亞……是我的堂姊妹。」

「……您的堂姊妹？」

「對，所以我不太希望你對她有敵意……因為我最喜歡索沃爾叔叔了。」

因為她哭了的關係，許多事都被打亂了。她實在不想再讓彼此的關係出現更多曲折了。

「呣唔唔唔…………吾會妥善處理。」

（這句話不是日本人說的「不要」嗎——！）

就在艾倫倉皇地想著該如何是好時，房門發出「喀嚓」一聲打開。

「哎呀？我們的睡美人起床了嗎？」

「爸爸，早安。」

「早啊，我的小公主。早餐已經準備好了，妳要吃嗎？要不要爸爸幫妳梳妝打扮？」

「我自己會弄！」

艾倫氣呼呼地叫道，羅威爾陷入沮喪。

「快點離開房間。」艾倫就這麼把羅威爾趕出房間，不過當她把手伸向矮櫃時，突然想到了一件事。

「……凡？」

「啊！失、失禮了！」

凡從艾倫出生就陪伴著她，如今待在艾倫身旁已經成了一種理所當然。但別看艾倫這樣，她也是個妙齡少女了。她把變成老虎型態，若無其事地趴在床上的凡趕出房間，嘆了一口氣後，打開矮櫃的抽屜。

她拿了貼身衣物後，把女僕叫來，就這麼一起前往浴室。

凡和凱是被選為艾倫的護衛的人，接到在走廊待機命令的他們，正彼此對峙著。現場氣氛看起來不太好。雙方互瞪，幾乎都快瞪出火花了。

凡直到剛才為止還是人形，現在卻變回了老虎的型態。大概是因為對方的姿態不是人，凱完全藏不住因不服氣而產生的比較心態。

他原以為艾倫的護衛只會有他一個，但這點對凡來說也是一樣，雙方都不願退讓，強而有力的眼神就這麼互相碰撞。

凱和艾倫第一次見面時，就瞬間被那雙筆直盯著自己看的眼神給吸引住了。擁有一雙閃耀著七種光輝的神奇眼眸的神祕少女。一想到她是精靈公主，一想到可以保護這樣一個大人物，凱的內心頓時充滿驕傲，跪下發誓要守護她。

然而凡的存在，就像對那份驕傲潑了桶冷水一樣。儘管頭腦明白其中道理，盤旋在胸中的不快卻無法這麼快散去。

當他突然聽到有個精靈要來當護衛，儘管訝異和一股無法言喻的失望向心中襲來，凱還是將之視為理所當然地接受了。

他聽說凡是自艾倫出生後，就片刻不離地陪伴在她身邊的存在，艾倫看著凡的眼神也充滿信賴。那份信賴並非一朝一夕形成，讓他不禁流露出欽羨的眼神。

「你這種小鬼要當護衛啊？」

凡瞧不起凱似的嗤之以鼻，令凱心生不悅。

儘管知道自己身為護衛尚有不足，也知道他和艾倫相處的時日尚淺，還處於測試階段，情緒還是反射性浮上臉龐。

「我的名字叫凱。」

「哼～」

凱努力保持冷靜說道，凡卻是一副不感興趣的樣子趴在門邊，看似困倦的看向別處。看他這樣，即使凱心中萌生了更多不悅，還是想盡辦法忍了下來。

騎士塔的前輩們曾告訴凱，就算再怎麼不爽，也要先深呼吸，忍個十秒。

身為一個騎士，必須處變不驚，隨時保持冷靜。而且凡是大精靈，以一個普通人來說，是個令人敬畏的存在。

凱再度深呼吸，然後開口：

「由我擔任護衛，讓你很不滿嗎？」

「很不滿？是根本只有不滿。一個小鬼能有什麼作為？羅威爾大人不也沒有接受你嗎？」

以大精靈的角度來看，凱的確是個無力的人類孩子。但在整個人界當中，凱以一個人類的身分被選上護衛了。

更重要的是，他和艾倫年齡相仿。凱聽說因為某些理由，艾倫無法和拉菲莉亞這位堂姊妹見面。她缺少同年代的朋友，所以當家索沃爾希望凱務必和她交朋友，因此他不能在這裡打退堂鼓。

「能和大精靈共事，我倒是覺得很光榮。」

「……」

凡悄悄看了凱一眼。畢竟兩人剛才還在互瞪，就連凱都覺得自己撒了個顯而易見的謊。

「我沒辦法去精靈界，所以我覺得由你保護艾倫小姐理所當然。」

「廢話。」

見凡高傲地挺起胸膛，凱又繼續往下說：

「但上頭吩咐我當護衛的這個地方是人界。像大精靈這樣的人物出現在這裡，是一件很稀奇的事。」

「那又怎樣？」

有什麼問題嗎？見凡有意好好傾聽凱的意見，凱悄悄鬆了一口氣。在騎士塔內，只要對方是貴族，或者年紀稍長，絕大多數人都不會傾聽底下的人想說什麼。但凡願意傾聽他的意見，這件事很重要。

「人界有人界的規範，想必你也會覺得拘謹。所以當家吩咐我，要好好幫助你。」

「……嗯……」

凡思索著，認為不無道理。凱知道，他的機會來了。

「我和你一樣，都想保護艾倫小姐。所以還請你多多指教。」

凱伸出右手，示意要握手，但凡似乎不知道這舉動是什麼意思。

「……這是幹嘛啊？」

「啊，這是人類打招呼的方式，意思是請多指教。」

「人類打招呼的方式？」

「沒錯。這是人界的規範。」

為什麼吾非得學人類的規範不可啊——凡悄聲唸著，但凱馬上回答：「既然你會變成人形，還是記得比較好。」

凡心不甘情不願地將左手放上凱的手。

畢竟沒有人告訴凡要用右手握手，而且他現在是老虎型態，有著巨大肉球的手，帶給凱的手一股軟綿綿的觸感。軟綿綿的。凡發現凱突然瞪大了眼睛。

「！」

凡抽動身子，吃了一驚。因為凱的雙手緊抓著凡放上的手，不發一語地揉著。

「呃，喂……」

「………好棒。」

凡知道這是一句誇獎，但他並不覺得這會是一種招呼語。

應該說，他的動作和艾倫平常喊著「肉球軟綿綿～～！」並開心揉著肉球的樣子一模一樣。

看來對人類而言，凡的手非常具有魅力。

「還不快停！」

凡用力拍開凱的手，令凱感到有些遺憾。

見他那副模樣，凡大叫了一聲：「吾就知道！」

「吾的肉球可是屬於公主殿下的！」

凡發出老虎吼聲，凱卻立刻回道：

「不，這就是人界打招呼的方式。」

「你少胡扯！」

「是真的。」

凱擺出認真的臉龐，伸出右手要求再一次，卻被凡用力地揮開了。

雙方的攻防戰就這麼持續了一陣子，而羅威爾就在一旁偷偷看著。

他原本還擔心凱能否和心高氣傲的凡好好相處，但看這個情形，應該是沒問題了，羅威爾笑著想道。沉迷於攻防戰當中的兩個人，自然沒發現羅威爾正在一旁笑著。

艾倫洗完澡後，在請女僕幫忙整理頭髮的期間，她也請人打開專門放洋裝的矮櫃。只見矮櫃一打開，裡面滿滿的都是伊莎貝拉和羅倫準備的大量服飾。

而且不只洋裝，前往礦山時要穿的褲裝也大量塞在裡面。

每當打開矮櫃，就會產生衣服增殖的錯覺，難道是她多心了嗎？她發現連矮櫃也增加了，不禁開始想逃避現實了。

「艾倫大小姐，您今天想穿什麼呢？」

「麻煩先幫我挑一件早上穿的衣服吧……」

貴族還真是麻煩。她實在不懂一天必須換好幾次衣服的意義何在。

幸好艾倫的身體還很小，還沒人會為她準備束腹等東西就算是一種救贖了吧。

換好衣服後，艾倫向在走廊等待的羅威爾說聲「久等了」。

羅威爾回了一聲「我要進去嘍」，直接打開房門，艾倫這才看見化為人形的凡和凱也在外面等著。

「變成一個小美人了呢。」

羅威爾邊稱讚艾倫今天也好可愛，邊在她的臉頰落下一吻。艾倫也接著回吻羅威爾的臉

頰。

「艾倫小姐，您早。」

「凱，早安。」

艾倫露出嫣然一笑，凱的表情也跟著鬆了一口氣。一想到自己或許也讓凱擔心了，艾倫便有些難為情。

但若還要重提昨天的事，打擊實在太大。反正她也不必搬石頭砸自己的腳，索性快速岔開了話題。

「凱，你已經吃過飯了嗎？」

「不，還沒。」

「那我們一起吃吧！」

「呃……可是這樣……」

艾倫愉快說出的提議被羅威爾駁回了。

「艾倫，護衛都要在其他地方用餐並待命喔。」

「怎麼這樣……」

見艾倫如此消沉，羅威爾只能苦笑說道：「只有這件事不能退讓。」

貴族真的很麻煩。艾倫在精靈界過得隨心所欲，所以偶爾會對人界的規則感到厭惡。

「那我們待會兒見！」

艾倫一邊揮手說再見，一邊牽著羅威爾的手前往餐廳。凱就這麼對著兩人的背影鞠躬致意。

雖然凡也想跟他們一起走，卻被凱攔住了。

隨後背後傳出爭執聲。羅威爾見凱面對大精靈也不畏懼的態度，不禁苦笑。

「艾倫妳放心吧，那兩個人感情好像還不錯喔。」

「咦？是這樣嗎？」

當艾倫表示她覺得很意外時，羅威爾也同意了。

「爸爸覺得那應該是感情好得能吵架的那種吧？」

「我倒覺得不是。」

艾倫仔細一問，才知道凱昨天發現凡施展的魔法的厲害，對他讚譽有加。

但正因為凡身為精靈，難免會在人界遇上阻礙。凱指出這一缺失，決定要互相幫忙、互相禮讓。

「……凱好厲害喔。」

明明才十三歲，卻懂得先替人做面子再行談判。這不是每個人都做得到的事。

「因為他從小就隨著艾伯特進出騎士團的附屬練習所啊。聽說他很擅長在這種上下關係來來去去喔。」

艾倫驚訝地眨了眨眼，跟著羅威爾一同前往餐廳。她明白了就算世界不同，上下關係還

是一樣煩人這個道理。凱一定是受了很徹底的教育吧。

他們抵達餐廳時，索沃爾和賈迪爾等人已經用完餐了。

「飯後就要跟殿下談判了，妳可以嗎？」

「沒什麼問題啊。」

「我、索沃爾和羅倫會在場陪同。」

「我知道了。」

兩人一面悠閒地用餐，一面談著稍後的行程。

「原來殿下也住下來了啊。」

「是啊，算是吧……畢竟索沃爾把旅店房間的門砍壞了。」

「啊……」

經羅威爾這麼一說，艾倫才開始思索，不知道那扇門最後是怎麼處理。隨後，在一旁服侍的羅倫笑著告訴她已經派人去修理了。

艾倫和羅威爾能吃的東西不多，所以廚房只準備了少量食物。

廚師顧及只能吃一點東西的艾倫他們，每次用餐，餐點都會越做越豪華。

還記得當廚師詢問艾倫能吃什麼東西時，艾倫只是大略說了一下做法，結果廚師真的用他的好手藝成功重現了布丁這道甜點。

後來布丁變成所有人都讚不絕口的人氣餐點，不過砂糖的價位高，所以不是每次都能吃到。

但如果是蒸煮料理，就算身體不舒服也能吃。艾倫抱著這個想法，將用雞蛋鎖住高湯美味的類似茶碗蒸的料理拿到治療院去，結果做法火速傳開了。

「對了，殿下嚐過布丁後，很是吃驚喔。」

「因為真的很好吃呀！」

「他好像想知道做法喔。」

「哎呀哎呀～」

「怎麼辦呢？」

「不能平白告訴他呢。」

艾倫不懷好意地笑道，羅威爾也露出同樣的笑容。

*

用完餐後，兩人往索沃爾的書房前進。

索沃爾等人已經在那裡等著了。

「各位好。」

艾倫行禮後走進書房，所有人也站起來對她行了禮。

羅威爾選了一個面對殿下，離他稍遠的位子坐下，並引導艾倫過去。讓人有些意外的是，休姆也在場。

「感謝各位昨天的幫忙。多虧有你們，拉菲莉亞才能平安回來。」

「不、不會……」

面對艾倫的話，賈迪爾只做出模稜兩可的回應。他們的臉色都很難看。沒錯，因為他們知道拉菲莉亞的綁架事件和王室有關。

「殿下，我可以請教您，這封信送來這裡的理由是什麼嗎？」

「這、這個……」

「殿下對這封信有什麼想法？」

「……」

「這封信上寫著以下這段話。『因為要執行任務，我會前往凡克萊福特領。如果方便，我們能見個面嗎？』」

信上表示，因為會影響到任務，希望拉菲莉亞一個人前來赴約。信上甚至詳細寫著大概幾天後會抵達。

「您知道封蠟上印的紋章是王室之物吧？還有這封信的內容……想必您已經鎖定寄件人是誰了吧？」

「……能把任務細節寫得這麼詳細的人，只有陛下一人。」

「沒錯。如果只知道你們之間有書信往來，不可能寫出這麼詳細的細節。有人受到陛下的指示擄走了拉菲莉亞，這是我方的見解。」

「可是我們……」

「不知情——您是想這麼說吧？這我知道。但您不覺得這是我們家族和王室之間的問題嗎？」

「……是啊，沒錯。」

「您能理解，真是我的榮幸。那麼我好歹也跟你們約定好了，話題就此移到藥品上吧。」

艾倫可以清楚感覺到進入正題後，賈迪爾等人便開始緊張。一旁的索沃爾和羅威爾完全沒有插嘴，把事情全權交給艾倫處理。

其實索沃爾應該也有些話不吐不快。畢竟就結果而言，拉菲莉亞等同是因為王室的企圖才會被擄走。

可是拉菲莉亞在出事之前就素行不良，索沃爾也不完全站得住腳。

「考量到剛才說的那些事，我無法將藥品的詳細情報交給王室。」

「怎麼這樣！」

「不過我可以依照約定，把藥交給殿下。你們想調查、想給患者，都隨你們高興。此

外，根據接下來談妥的條件，我未來也可以持續提供藥品。」

「……不能把做法告訴我們嗎？」

「不能。」

「……艾倫……」

「因為你們不值得相信。」

「……唔！」

「而且就算告訴你們，你們也無法理解。」

「這是什麼意思……？」

「因為人界做不出這種藥。」

「妳說什麼！」

「話雖如此，如果您問住在精靈界的精靈能否製作，我的答案也是不能。因為精靈和人類的構造有著根本性的差異。」

「那這個藥到底是什麼……！」

「我無可奉告。不過你們可以問問他的精靈啊。」

反正休姆和他的精靈就是為此才被帶來的吧——艾倫如此催促後，休姆這才畏畏縮縮地上前。

「爸爸，請把藥給我。」

「來，拿去吧。」

艾倫姑且交出抗生素，休姆拿到後，呼喚艾許特，讓他調查手上的藥。

『啾？啾？』

見艾許特不解的歪頭，休姆不禁一陣焦急。

「艾許特……你不知道這是什麼嗎？」

『阿休，這個是人界沒有的東西喔。』

「什麼！那是精靈界的藥嗎？」

『精靈根本不吃藥啊。』

「那……材料是精靈界的東西嗎？」

『……我覺得……不是。艾許我沒見過。』

艾許特歪頭發出一聲「啾」，這讓休姆更加混亂了，他完全搞不懂這究竟是什麼藥。

「藥品由我方準備。你們做不出這種東西。只是這樣而已。」

「怎麼會……」

「那我繼續往下說嘍。剛才給你們的藥是抗生素。這是一種會殺死病源的藥，但同時也會殺死肚子裡的健康菌叢。雖然在病源消失之前，都必須持續服用，但相對的，也會引起嚴重的腹瀉，這種現象叫做副作用。疾病有很多種類，治療師會根據症狀判斷，再給予各種藥物。」

當艾倫開始解釋藥物的性質，原本還愣在原地賈迪爾等人馬上就繃緊了神經細聽。

「請你們確實注意藥品的使用規則，還要做好今後的衛生管理。否則不管有多少藥，只要預防沒做好，供需就永遠無法平衡。」

艾倫宣告人界做不出這種藥，這等於藥的稀有度增加，賈迪爾等人開始焦慮。

（既然您想藉著拉菲莉亞問出藥的情報，那我就順著您的意思吧。不過陛下，要是您小看我，那可就傷腦筋了。您把我們搞得這麼焦頭爛額，可別以為能平白無故拿到藥喔。）

艾倫心裡浮現這個念頭，坐在她旁邊的羅威爾一臉滿意地看著她。

「艾倫，妳在打什麼歪主意對吧？」

「事到如今還說什麼呢，爸爸？」

坐在艾倫他們身旁的索沃爾聽了他們的對話，不知道為什麼，也和賈迪爾等人一起臉色發青。

賈迪爾等人就這麼鐵青著一張臉，一句話都說不出來。艾倫於是轉頭面對休姆，在賈迪爾等人面前逕自繼續對話：

「休姆先生，可以請你向宅邸的治療師詢問這種藥的用法嗎？要是用法錯誤，藥就會變成毒藥，還請你小心使用。」

「好、好的……」

儘管一時還有些搞不清狀況，休姆還是應了聲好。

「爺爺，請你幫他帶路吧。」

「好的。休姆大人，請隨我來。」

關於藥的使用方式，這樣就算處理好了，艾倫接著面向賈迪爾，打算與他進一步談話。

和艾倫對上視線的賈迪爾看起來有些畏怯，那讓艾倫總覺得胸口一陣痛。但她不能在此姑息養奸，艾倫抱著這個想法繃緊神經，堅定了意志。

「殿下，我一開始是與您約好，會把藥交給你們，但關於未來要給的份，我要求你們必須支付金錢。」

「什麼……？」

「是製藥必須的資金。既然要增加產量，我也會需要人手。這很自然吧？」

艾倫刻意強調這是一場交易。

賈迪爾等人看了艾倫的外表，或許會自以為她很好說話。不過，羅威爾和索沃爾之所以沒有插嘴，也是為了強調不需如此的必要之舉。

「……很抱歉，這點我要請教陛下的意思。」

「無妨。不過請您轉告陛下，我方期待這會是一筆令我們滿意的交易。」

「……我會轉達。」

談到這裡，藥品的事就算告一個段落了，不過還有問題。

「那麼，回到最初的議題吧。」

「什麼……？」

「擄走拉菲莉亞的人將由我方處置。」

「慢著！我們無法同意！」

其中一名護衛大喊。看樣子是不能讓可能證明這件事和王室有所關聯的人落入他人手中吧。

早已看穿這點小事的艾倫嫣然一笑。

「哎呀，你們不也說過嗎？那些人和王室沒有瓜葛。」

「……！」

「我聽爸爸說過了，就算把那些人交給陛下，陛下應該也持有與之無關的佐證。既然如此，他們豈不是更與王室無關了嗎？所以應該沒什麼問題吧？」

「什……」

護衛們各個露出驚恐的神情。賈迪爾也深深體會到自己被逼到盡頭，不知該說些什麼才好。他大概是明白了無論提出什麼論點，都會遭到駁回吧。

「我應該已經先聲明過了，請您做好相應的覺悟。」

賈迪爾等人嚥下一口唾液。

「殿下，請您轉告陛下。我會讓他後悔對我的家人出手。」

「啊……」

「談話到此結束。我去把藥拿來，請各位稍待片刻。」

「等、等一下！」

賈迪爾拚命想說點什麼。

艾倫從容地反問：「還有事嗎？」

賈迪爾焦急地手心冒汗，拚了命地思考。當艾倫再度說出「還有事嗎？」催促他，賈迪爾這才拋出之前艾倫說好，會和他談談的約定。

「……您要現在談嗎？」

「我覺得如果現在不談，以後都不會有機會了……」

賈迪爾的預感很正確。

艾倫明白賈迪爾想表達什麼，因此請求其他人離開書房。

「妳想跟他單獨交談？為什麼不能現在直接說？」

羅威爾的臉上大大寫著不滿兩個字。他皺著眉頭，表示不能放艾倫和賈迪爾獨處。只見艾倫一邊苦笑，一邊低頭請求父親同意。

艾倫看著羅威爾心不甘情不願離開的背影，隨後護衛們也跟著走出書房。

房門砰的一聲關上後，艾倫這才正面面向賈迪爾。

「……艾倫，我們……王室對精靈……」

「殿下，您是王室的人。」

艾倫打斷賈迪爾，逕自開口。話被打斷的賈迪爾則訝異地張大了眼睛。

「您的祖先做了不該做的事。但是您身為王室的一員，想必也明白您的祖先在那種時空背景下有些什麼想法。」

「……沒錯。但我們還是做了絕不能做的事！」

「既然您很清楚，那就更不應該道歉。」

「……為什麼？妳為什麼要說這種話！」

「因為您的祖先並不後悔。」

艾倫直截了當地對賈迪爾宣告這個事實，他不禁屏息。

「您不能後悔。因為無論手段為何，他們身為王室之人，為了保護人民度過魔物風暴，才會採取那種行動……」

艾倫的臉因痛苦而扭曲。即使他們用錯了手段，她也不是不能理解王室為何要做出那種事。或許他們當時也被逼到了絕境，只剩下這種手段可以行使了。

但艾倫現在身為精靈，她同樣無法將那份悲傷昇華。

「對你們王室成員來說，那是過去的事……可是對我們這些擁有永恆生命的精靈來說，就像是昨天才發生的事。」

艾倫明白地告訴賈迪爾，就算道歉，精靈也無法原諒他們。

「可是我……！」

既然艾倫已經明言不能以王室之人的身分道歉，賈迪爾也無法請求她的寬恕。

賈迪爾拚命忍著無論如何都想說出口的話。那副模樣令艾倫泫然欲泣。

艾倫一直在石碑的另一邊聽著賈迪爾和拉蘇耶爾的話語。

但是艾倫身為精靈，身為女神的女兒，她必須把這些話告訴賈迪爾。

「殿下，我已經給過您忠告了，要您做好覺悟。」

「……是啊。」

「接下來王都將會陷入混亂之中。」

「！」

賈迪爾聽了艾倫的話後，驚訝地瞪大雙眼。那是一句可說是預言的話。

「陛下應該也聽見那詛咒的聲音了。即使如此，他還是對我的家人動手了。」

「……唔。」

「這是最後通牒。請您告訴陛下，請他別再和我們有所接觸了。」

「怎麼這樣……我……我只是……」

賈迪爾緊握雙拳。

艾倫假裝沒看見，直接宣告他們之間已經沒什麼好說。

「艾倫！」

她不顧賈迪爾慰留的叫聲，就這麼走出書房。

求。

艾倫走出書房後，一個人留在房內的賈迪爾緊緊咬著自己的嘴唇。

身為王室之人的立場、精靈詛咒的聲音。儘管他被這些因素左右為難，還是無法不去祈求。

「我只是想和妳說說話啊……」

他想看見艾倫的笑容，希望她對著自己笑。他想和艾倫聊著不著邊際的話題，然後一起歡笑。除了這些，他別無所求。

「連這點小事都不被允許嗎……」

賈迪爾被祖先的罪業、身為王室之人的立場，以及自己的心情夾在中間，他用力抓緊自己的胸口。

*

賈迪爾很快回到王城，向陛下稟報。

拉比西耶爾見了賈迪爾的模樣，滿意地笑了。

「哎呀，你的表情比我想像中的還好。」

拉比西耶爾看著賈迪爾的神情笑了。

賈迪爾對此萌生一股焦躁，但還是將事情的緣由始末報告了一遍。

「……把藥帶回來這件事我是該誇獎你，不過你應該很清楚，這是艾倫給你面子。」

「是。」

「既然羅威爾他們沒有陪同，就代表他們已經看穿了嗎……我真是做了一件可惜的事。」

「父王！」

賈迪爾在焦躁之餘，忍不住大吼。見他如此，在一旁默默守候的王妃不禁吃了一驚。

「艾倫有話要我轉告您。」

接著賈迪爾一字不漏地說出艾倫要轉告的話。聽完後，陛下的表情瞬間變得嚴峻。

「……這樣啊，我踩到艾倫的底線了。」

拉比西耶爾這聲呢喃只在一瞬之間。

「衛兵！去告訴城門守衛，從現在開始施行王都的入境管制！」

拉比西耶爾突然就像變了個人似的，下達這道等同開戰宣言的命令。一旁的王妃和賈迪爾見他如此，雙雙張大了眼睛。

「集合所有待命中的治療師！馬上！」

面對陛下突然如此急迫的樣子，周遭所有人全跟不上他的思緒。

「把王妃和王子們送往邊境，他們不能待在王都。」

「親……親愛的？到底是怎麼了！」

王妃看了一陣困惑，但拉比西耶爾卻笑著說：

「我惹火凡克萊福特家了，接下來他們會進行報復。」

「這是怎麼一回事！」

「是我錯估艾倫的性子了。我是有預想到這種情況，但我以為她是個溫柔的女孩而小看她了，這大概是報應吧。」

拉比西耶爾笑道，周圍的人盡是不解。惹惱了這個國家最強悍的家族，為什麼還笑得出來？

「賈迪爾，艾倫給你的藥有多少？」

「有四種藥，各兩瓶。數量看起來不少……」

然而這句話馬上被休姆給否定了。

「報……報告！關於那些藥，小人有話想說！」

休姆表示，凡克萊福特家的治療師說過，藥一個人一天需服用兩到三次，而且最少要連續服用三天。

聽了休姆的話，拉比西耶爾不禁蹙眉。

「……這樣量實在太少了。」

周圍的人見拉比西耶爾如此，心裡只有困惑。他們不明白到底發生了什麼事，也不知道將會發生什麼事，各個愣在原地不動。

「接下來王都將會因為病患人滿為患而陷入混亂當中。現在只能實施入境管制，但這樣一定會招來反感。凡克萊福特家給的藥太少了，這件事要是沒處理好，搞不好會引起暴動。」

拉比西耶爾以平淡的口吻說，周遭所有人不禁懷疑起自己聽到了什麼。

這時賈迪爾想起艾倫說過的話——接下來王都將會陷入混亂之中。

「太厲害了，居然做到這種地步。」

見拉比西耶爾呵呵笑道，所有人都無言以對。

只有賈迪爾一個人想起了羅威爾所說的話——我想這大概也是給殿下您的考驗吧。

「陛下。」

聽見賈迪爾的聲音後，拉比西耶爾抬起頭來。

「我留下來和您一起面對。」

賈迪爾定睛前方，心想這就是他身為王室之人必須面對的考驗。

「嗯，你的表情變得很不錯了。」

賈迪爾將身為父親、身為君王之人對自己展露的那抹期待笑容烙印在腦海裡。

*

艾倫放走了綁架拉菲莉亞的人們，不過有個條件。

索沃爾當然持反對意見，但他大概是被艾倫堅定的眼神逼退，話越說越小聲。

「如果你們還想留在這個國家，我無法保證你們性命安全。事實上，你們已經被王室盯上了，而且我覺得我叔叔不可能放你們一條生路。」

眼前五個罪犯聽了艾倫的話，各個臉色發青。

「不過只要你們完成我接下來的要求，把你們流放國外後就算了。」

看著帶笑的少女，罪犯各個鐵青了臉，後悔自己綁架了孩子。

那些男人們被放走後，感激涕零地各自離開了。

艾倫接著對不發一語的索沃爾提出對今後的要求。

「叔叔，接下來這個國家會陷入混亂之中。」

「……這是什麼意思？」

「我命令那些綁匪要一邊放出風聲，一邊逃往國外。是關於藥的風聲。」

內容是——王室搶走了凡克萊福特領所剩不多的藥。

「我要讓王室的人後悔他們對這個家的人出手。」

索沃爾聽懂了艾倫話中的意思，臉色變得跟剛才那些男人們一樣慘澹。

「如果陛下的手腕不夠好，王室大概就會滅亡，不過那個腹黑先生沒問題啦。」

「艾倫……」

「叔叔，事情發生過一次就不能姑息，否則只會讓王室的人得寸進尺。」

「可是……這……」

見索沃爾含糊其辭，艾倫不禁苦笑。

「叔叔，請你實施領地的入境管制。就算有新的患者前來，也請告訴他們，藥已經被王室拿走了。」

「……」

「把藥帶來的我的謠言或許會傳開，所以也請你們放出風聲，說我為了製藥，已經和爸爸一起出門尋找材料了。我們會暫時回到精靈界，關於領地的用藥，我會請爸爸不時送過來，請叔叔放心。雖然我和王室交涉要用錢來換藥，不過我想先讓他們反省一下，所以暫時觀望情況吧。」

「艾倫……我很抱歉……」

想到現狀完全依靠艾倫的力量，索沃爾低頭道歉。

「就某種意義來說，這是身為精靈的我和王室之間的爭端，請叔叔不要放在心上。」

「對不起……對不起……」

索沃爾緊抱著艾倫，艾倫也緊緊抱住索沃爾的背，為自己只能採取這種方法感到抱歉。

＊

艾倫他們回到精靈界後，透過水鏡看著王都的情勢。

艾倫一直在看著被王都一觸即發的氣氛搞得焦頭爛額的賈迪爾。

「……艾倫。」

奧莉珍從背後呼喚艾倫，張開雙手環抱住她。

「妳很難過吧……可是妳的判斷沒有錯，一切都是腹黑先生做得太過火了，妳一點錯也沒有……」

奧莉珍撫摸著艾倫的頭，那些忍不住的嗚咽就這麼從她的嘴裡傾出。

「嗚……嗚嗚！」

接著眼淚也止不住地往下掉。

為了明確劃分彼此的立場，為了將來，艾倫自認已經做了能力所及的事了。

可是為什麼她的胸口會這麼痛呢？

「我和羅威爾的女兒是個非常溫柔的孩子，卻也是個非常聰慧的孩子。妳是我引以為傲的孩子喲。」

母親這道溫柔的聲音讓艾倫知道自己並沒有做錯。但與此同時，一股悲傷向她席捲而來。

「媽媽……」

「對不起，害妳被夾在人類和精靈之間……可是有時候，冷酷無情也是為了妳自己好喔……」

她很清楚。理應很清楚。自己是個「精靈」。

然而眼淚就是流個不停。

之後，艾倫還是持續透過水鏡窺探王國的情勢。那天之後，王都簡直混亂到了極點。病患在凡克萊福特領得到的藥，被稱作「神靈之藥」、「精靈的恩惠」。為了蒙受這個恩惠，病患絡繹不絕。

這時，發生了凡克萊福特家的千金小姐受到一群被藥蒙蔽了雙眼的人們綁架的騷動。根據傳開的八卦，救了這位千金小姐的人，就是為了詢問藥的詳細情報，而來到這個領地的王室成員。

由於索沃爾踢破旅店房間的門並大吼的聲音大到足以讓身在旅店裡的人都聽見，傳聞的真實性提高了。

之後王室成員幫忙解決綁架事件，要求凡克萊福特家將所剩不多的藥交給王室當報酬，領主也只能點頭答應。

等著拿藥的人聽聞這件事，都是一陣盛怒。

領主的女兒之所以被綁架，確實是因為藥的緣故，而這件事發生在他們正在商討將所剩不多的藥優先提供給重症患者的時候。

王室這種做法令治療師們和患者們都深感憤怒。

「各位，很抱歉……都怪小女被抓走……」

「別這麼說，領主大人！請您把頭抬起來！」

領主也是人父。替孩子著想的心情，和其他人一樣。而且有人目擊到索沃爾怒氣沖沖地在旅店大吼「把拉菲莉亞還來」的場面。

領主判斷綁架孩子的目的在於向他索取藥品，所以試圖在綁匪提出要求前解決事情。但索沃爾在途中得知微服私訪的王室成員把女兒叫出宅邸赴約一事，不在乎會否得罪王室，就這麼闖了進去。

到王室成員幫忙解決事件這邊為止都還好。他們被扣上綁架的嫌疑，所以為了釐清真假，他們才會採取如此行動。可是當人們聽到他們後來趁人之危，要求交出藥品做為報酬，都不禁懷疑自己聽錯了。

在凡克萊福特領，因為三年前艾齊兒惹出的那些事，原本就不怎麼信任王室。而這次事件傳出的八卦更是以爆炸的形式伴隨著對王室的不信任感，迅速擴散了出去。

*

國王下判斷的速度很快，他們很早便開始限制人們進入王都，所以入境的病患人數並沒有很多。然而，求藥的人卻包圍了國境周邊。

住在王都的人們都驚恐地想知道到底發生了什麼事。就在這個時候，他們聽說了那件傳聞。

王室對凡克萊福特家的壓迫，從以前開始就令人費解。不過，有那種藥的話，確實任誰都會想要。

可是他們聽說凡克萊福特的領主為了有效運用手上的藥，在優先給予了重症病患和女性、孩子之後，計劃將剩下的藥好心平等分給所有病患。

為了所剩不多的藥，紛爭一件接著一件發生。其中，領主的女兒被綁架的事件讓王都的人們大驚失色。

八卦的雪球越滾越大，甚至有人說為了得到那些藥，綁架事件根本就是王室設計的圈套。

對此，國王立刻予以否定，同時提出王室並未牽扯其中的證據。艾倫透過水鏡看著這一

切，心中止不住「果然如此」的想法。

然而，病患一天接著一天擠滿王都周邊，疾病在人們之間擴散開來，進而傳染給守衛，又接著靜靜入侵王都之中。

由於王都已經封門，物流也慘遭停滯，這讓王都內部開始傳出不滿的聲浪。

國王和第一王子為了挽回信任奔走，但不信任感卻開始加速蔓延。

能解決這種事態的人只有艾倫他們了。於是王室的人抱著一線希望，頻繁派遣使者前往凡克萊福特家交涉，但使者們聽見艾倫他們為了取得已無庫存的藥的材料，出了門就沒再回來這件事，也只能閉嘴。

艾倫面無表情地始終盯著水鏡，身邊的人們不禁憂心忡忡地看著她。

＊

艾倫漸漸不再歡笑，精靈們看她這樣不放心，結果陷入了明明沒什麼事，卻總是有人黏在艾倫身邊的事態。

「……」

小動物們圍在艾倫身邊，老虎狀態的凡用他的頭從後面頂著她的背。

她知道每個人都在擔心她，但艾倫無法割捨人類這件事，令某些精靈懷抱了不滿。甚至

有些人認為是人類讓艾倫消沉至此，對人類更是憤慨。

艾倫也覺得自己不能再這樣下去，但心情跌落谷底後，便很難再爬升上來。

坐在艾倫腿上的兔子和松鼠精靈們不斷磨蹭她的手，要她撫摸。

當她專心地撫摸腿上的動物時，突然有股結實的重量壓上右肩。

艾倫稍稍轉過頭，發現凡將下巴靠在自己肩上，羨慕地看著她手邊的精靈。

艾倫一邊苦笑，一邊維持原本的姿勢，搔弄凡的脖子。就這樣，凡發出呼嚕聲，在旁邊露出肚皮躺下。

凡明明就像隻狗，偶爾卻又像一隻貓。一想到此處，艾倫不禁嘻嘻笑了出來。見到這張笑容，凡的身體震了一下。

艾倫很高興身邊的精靈如此體貼她，笑著笑著，眼淚就這麼流了下來。

凡於是伸出舌頭，替她舐去淚珠。

然而凡的舌頭很大，這一舔，艾倫幾乎半張臉都被埋沒在舌頭之中。

「姆唔～」

其實艾倫不太喜歡被動物舔臉，但因為被偷襲了，她的整張臉被舔了大大一口。

「討厭～」

艾倫氣急敗壞地拿出手帕來回擦臉，凡還以為自己會被罵，顯得畏畏縮縮。就在這個時候，艾倫發出「嘎噢！」的一聲吼叫，冷不防出手襲擊。

她用盡全力搔癢凡的脖子，兩個人直接倒在地上嬉戲。

當艾倫一邊嘻嘻笑著，一邊和凡嬉鬧時，她發現雙親注意到自己在嬉鬧，正從陰影處看著她。

「爸爸、媽媽。」

艾倫一愣一愣地抬頭仰望兩人，他們也隨之鬆了一口氣。

這讓艾倫再次感受到，自己真的讓他們擔心了。

「妳總算笑了，我們的小公主。」

「艾倫果然就該掛著笑臉。」

他們將艾倫夾在中間，分別在她的臉頰上落下一吻。擁有會摸摸自己的頭，並疼愛自己的存在，艾倫不禁感到泫然欲泣，但還是笑著面對他們。

「對不起……爸爸，媽媽。」

艾倫撲向羅威爾懷裡，羅威爾也緊緊接住她。被父親這麼緊緊抱住，讓艾倫感到一陣心安。

「……其實啊，我們大家談過，覺得應該已經夠了。」

艾倫一時之間聽不懂羅威爾在說些什麼，引來羅威爾一陣苦笑，同時摸了摸她的頭。

「妳採取的手段給了陛下沉痛的打擊，可是妳很後悔這麼做吧？因為有許多人平白無故地染病倒下了。」

「……對。」

要把陛下逼入絕境，只能選擇這麼做，但那些受傳言左右的人們，其實都只是被害者。

他們既拿不到藥，又會傳染給其他人，讓病情擴大。

染病的人聚集在一起，會再交叉感染，二度感染的擴散只是時間早晚的問題。到時候甚至可能引發類似感冒之後又被細菌感染，最後變成肺炎的重症。

那樣想必會死很多原本不用死的人。一想到這件事，艾倫就無法不消沉。

「要是我說了接下來這件事，妳就一定會有所行動，所以我本來不是很想說的。不過，只要妳用水鏡看過就會知道了，所以我還是告訴妳吧。」

羅威爾接著說出的話語讓艾倫的腦袋一片空白。

*

如今，汀巴爾王城內正籠罩著一股緊張的氣氛。

他們用強硬的方式壓著居民不滿的聲浪。

王室對凡克萊福特家所做的好事已經淪為八卦廣傳，甚至還被加油添醋。

要動搖人民對王室的信賴，這件八卦的力道已經非常足夠。部分貴族為了得到藥的恩惠，毫不避諱地對陛下極盡奉承阿諛之能。

陛下解釋，他之所以會接受這些藥，是為了量產。但在宮廷擔任治療師的人們，直到現在依舊尚未查明藥的原料是什麼。

任誰都清楚，即使想知道藥的情報，王室也拉不下臉去詢問凡克萊福特家。

但由於王室已經把藥拿走，知道怎麼製藥的人為了取得不夠的材料已經離開，就算別人想向凡特萊福特家問出情報也找不到人問，無計可施。

四面楚歌之際，奔走各方的國王和第一王子終於病倒，國內又是一陣譁然。

*

國王的寢室中聚集了好幾名治療師。

見國王因高燒失去意識，每個人的臉色都很難看。

「那個藥還有嗎？」

「其他治療師說要拿去調查……等發現的時候，已經剩沒多少了……」

「怎麼會這樣？那可是陛下交給我們的重要藥品啊……！」

藥是一顆一顆小小的顆粒，這裡的治療師不知道為了調查，已經把藥大量磨成粉了。

但他們畢竟沒有精密儀器，無法調查成分。即使問宮廷裡的精靈，每個精靈也都只是搖

頭表達不知情。這些藥完全成謎，而且精靈們還異口同聲地說：

『這不是人界的東西。』

但若問那是否是精靈界的東西，他們依舊會回答「不是」。

每個人都不禁想道——這藥到底是什麼東西？不過，凡克萊福特領使用這種藥治病，甚至連絕症都治好了。

開始有人在傳這或許是神靈之藥，悄悄把藥偷渡出去的人也因此出現。

這樣的管理體制讓首席宮廷治療師傷透了腦筋，得來的藥就這麼日漸減少。

而且不知道是不是沒溝通好，明明已經為了調查用掉一整瓶藥，眾人卻誤以為除了剩下的一瓶外，應該還有一瓶，就這麼把要留下來使用的那一瓶開封了，實在令人頭痛。

「為什麼會變成這樣！」

首席治療師抱頭大叫，這實在是太愚蠢了。

藥最少一天要服用兩次，根據說明，還要持續服用三天，國王和王子就要用掉十二顆……瓶內的藥實在沒有這麼多。

「天啊……怎麼會這樣……」

首席治療師絕望地悲嘆，這時突然有兩道影子出現在他的身後。

國王的寢室裡只有昏睡的拉比西耶爾、首席治療師以及擔任助手的幾名治療師在。為了防止傳染，已經吩咐過其他人不要進入房內了。

「那些藥，到頭來還是浪費掉了嗎？」

「好像是喔。」

「果然還是應該派我們那些已經用慣的人過來才對。」

「是他們自己信不過，把藥當玩具亂玩害的吧？我開始懷疑這裡的人是不是真的都是治療師的精銳了。」

聽見這兩道悠哉的聲音，首席治療師訝異地僵在原地不動。一旁的助手們也瞪大了眼睛，一句話都說不出來。

「……羅威爾大人？」

「哎呀哎呀，陛下睡得這麼熟的模樣可是很珍貴呢。」

羅威爾的懷裡抱著一名小小的少女，外表看起來大約八歲，首席治療師不禁心想難——道她就是凡克萊福特家的精靈公主嗎？

「請問你是治療師嗎？」

小女孩這麼一問，首席治療師反射性地點頭。這可是詢問藥品詳細的機會——首席治療師抱著這個想法，以顫抖的聲音問道：

「請問……請問你們身上有帶著藥嗎！」

「……劈頭第一句話就是問這個啊。算了，陛下這副模樣，也難怪了。只不過這樣好嗎？我們現在可是非法入侵喔。」

羅威爾冷靜地說。但要是現在把他們趕出去，結果拿不到藥的話，那才會被責罰吧——首席治療師以慘白的臉這樣想著。

「啊……這個……」

「要是把我們趕出去，就沒辦法問藥的事了是嗎……唉，算了。他是什麼時候昏倒的？」

見羅威爾詢問拉比西耶爾症狀的態度，首席治療師畏畏縮縮地開口回答。

艾倫聽完，拿出了兩種藥。

「這兩種是不同的藥。一天服用三次，各吃一粒。請一起讓陛下服用。」

小瓶子裡各裝著五十顆藥丸。為了不讓人搞混，瓶口各用紅與綠兩種緞帶綁著可愛的結。

首席治療師看了，在感激之餘，眼角浮現淚水。

「羅、羅威爾大人……！」

「真受不了你們。記得也給殿下服用相同數量的藥，這次可別再拿去當玩具了。」

最後，羅威爾和艾倫只留下一句「下次我們會要求代價」，就這麼消失了

他們接著前往索沃爾身邊。

拿出比平時還多的藥後，他們告訴索沃爾，可以開始慢慢收容患者了。

艾倫回到精靈界後，在雙親面前嘟囔著。

「……這麼做應該沒錯吧？」

「是啊，我看那傢伙也受到教訓了吧。」

羅威爾不斷發出竊笑，他的笑聲中卻帶著一絲悲傷。

羅威爾接著說：「等陛下身體狀況恢復，就去商討代價吧。」

*

艾倫悄悄轉移到某個場所。

她早就透過水鏡得知那個人醒著的事了。

見艾倫突然出現在眼前，那個人訝異地瞪大眼睛。

「艾、艾倫……？我這是在作夢嗎……？」

「要當成夢也無妨啊。」

艾倫歪著頭裝傻，賈迪爾則是捏了捏自己的臉頰，然後呢喃了一聲：「好痛……」

「……殿下覺不覺得這個狀況和當時有點像呢？」

艾倫開口後，賈迪爾不禁屏息。他馬上明白了艾倫在說什麼。她是在說精靈的詛咒、那些黑霧讓他看見的過去。

「如果那個時候也能像這樣事先溝通好，是不是會有什麼改變呢……」

「……至少我認為王室之人就不會採用那種手段了。」

魔物風暴與看不見的病菌的恐懼。這些東西會腐蝕民眾的心，然後不斷侵蝕周遭的人。

「殿下，請您別再試圖硬要和我們扯上關係了……只要您做得到這點，我就可以聽聽您的主張。」

艾倫的讓步令賈迪爾很是吃驚。

「我知道你們拚命試圖和我們接觸的理由是什麼，那是因為我們彼此已經沒有任何可以接觸的手段了。我們精靈對你們絕望，已經放棄你們了。」

「……但我們還是想得到你們，想得不得了。想得到精靈之力，想得到那個名字帶來的力量。每當我們硬是想得到你們，就會傷到你們……」

賈迪爾的臉很紅，看來高燒還沒退。

艾倫原本反射性地要靠近他，幫他量體溫，卻在半途想起詛咒的存在，腳步戛然停止。

「……我已經做好處置，讓傳染病不會再擴散了。等殿下病好，我們就來談談藥的事吧。」

「妳願意把做法告訴我們嗎？」

「您誤會了，要談的是索取藥的代價。」

艾倫這句話令賈迪爾感到失落。

「我不可能隨隨便便就告訴你們。」

艾倫哼了一聲，強調自己還在生氣。或許是覺得她的樣子很好笑，賈迪爾放鬆了眼角的肌肉，輕輕笑道：

「也對。畢竟妳信不過我們……」

賈迪爾說得有些悲傷，但隨後他便發現了一件事。

「艾倫，我問妳。」

「……什麼事？」

「如果……我是說如果，我能一點一點贏得妳的信任……我們還能像這樣聊聊天嗎？」

賈迪爾的話讓艾倫瞪大了眼睛。

「……我們會保持這個距離說話喔？」

「無所謂！」

賈迪爾使盡力氣從床上爬起，試圖探出身子，結果唾液似乎不慎流入氣管，嗆得他不斷咳嗽。

無法過去替他舒緩症狀，讓艾倫有些過意不去。她在一旁靜靜等待賈迪爾平靜下來，問了一句：「您還好嗎？」隨後，賈迪爾喜形於色地回答他沒事。

艾倫接著姑且告訴賈迪爾，她和羅威爾還會再過來，今天就先告辭了。賈迪爾聽了，也笑著回了聲知道。

雙方說完，艾倫實在覺得如坐針氈，留下一句「請保重。」便逃也似的走了。

賈迪爾看著艾倫消失的地方。

能和她立下約定，令賈迪爾開心得不得了。

體溫又上升了的賈迪爾拿起水壺倒了一杯水，接著啜飲了一口。

一股沁入心脾的冰涼流過咽喉，那股冰涼在在說明著這不是夢，而是現實。

「呼……」

他吐出一口氣，就像要將體內的熱流吐出一樣。

身體明明很難過，賈迪爾的臉龐卻因為喜悅不再緊繃。

*

艾倫一步一步走在城堡的走廊上，往自己的房間前進。這時，變成人形的凡出現在走廊前方，說他找她找了很久。

「公主殿下……？您怎麼了嗎？」

「咦？什麼怎麼了？」

艾倫不解地歪頭問著，凡於是蹲下，雙手捧著她的臉頰。

「您的臉很紅喔。」

「……咦？」

艾倫眨了眨眼，接著像是有了頭緒一般，皺起眉頭。

（難道殿下的感冒傳染給我了……？）

賈迪爾在發燒，整張臉都紅了。

艾倫也有一部分是人，不能說是完全不會被病菌傳染。

「……我睏了。」

「哎呀，原來如此。」

艾倫隨便搬了個藉口，說自己正要回房，凡於是在擔心之餘護送她回房間。

（我也吃個藥，然後睡覺吧……）

儘管有可能被賈迪爾傳染感冒，艾倫還是覺得有和他見到面真好。

＊

這幾天盤據在心頭的煩悶終於一掃而空。

在國王他們治病的期間，艾倫請人放出風聲，說凡克萊福特領已經再度展開治療。

原本聚集在王都的患者們一口氣蜂擁而至。

艾倫事先料到這裡也會陷入和王都一樣的狀況，所以請會使用治療魔法的大精靈——庫立侖和列本來幫忙。

有的病患來到凡克萊福特領後會因為體力耗盡而死亡。

所以艾倫請執掌生命的列本幫忙恢復患者的體力，提高他們的自癒力。

畢竟不管吃再多藥，如果沒有體力，就無法對抗病魔。接著她又拜託庫立侖負責治療重症患者。

只不過，光有這個藥就已經造成大騷動了，要是用治療魔法一口氣治好，這個領地不知道又會引發什麼騷動。

所以她拜託庫立侖不要全部治好，將症狀緩和到可以靠自癒力和藥處理的地步就行了。

他們設下結界，施展魔法，讓從王都來到凡克萊福特領的病患一入境，就能漸漸恢復體力。

他們頒布重症患者優先治療的法令，為了得到民眾的諒解，所有人都在外奔走。

然而還有其他諸多問題存在。既然這裡聚集了大量的人，就需要有分量相應的食物。

執掌雨水的妮婕爾、雷根。

執掌土地的伯登。

執掌植物的弗蘭、奧布絲。

執掌光的里希特。

艾倫叫來這些大精靈，並用魔法做出氮、磷酸和鉀當作肥料。

這三種元素被稱作肥料三大要素，是非常重要的東西。但如果只有這三種元素，容易缺乏鎂和鈣，進而生病，所以艾倫也稍稍補足了這些元素。這麼一來，就做成擁有五大要素的肥料了。

她請執掌土地的伯登將她做出來的五大要素撒在所有田地上。

為了不引人懷疑，降雨也只保持在細雨的程度，而且盡可能選在夜間降下。因為就算在白天降雨，也會被日光蒸發，水分無法進入植物當中。

白天就拜託執掌光的里希特持續放晴，接著拜託執掌植物的弗蘭和奧布絲給予植物加護，讓它們能成長茁壯。

只要作物持續豐收，人心自然會較為從容。

此外索沃爾頒布法令，不必將買賣作物獲得的金錢當作稅金上繳，只要繳交作物即可。這道法令讓領民可說是喜出望外。

索沃爾則會將那些作物再施捨給為疾病所苦的人。

見領主這副模樣，領民們紛紛被打動，所到之處都充滿了願意主動出一份力的人。

金錢則是將藥賣給王族來籌措。這樣的循環重複好幾次後，患病的人終於逐漸康復，離開了領地。

不過其中也有許多人決定移居此處，說是沒有別的地方像這裡一樣宜居了。

只要生了病，領主就會給藥，持續豐收的田地也總是人手不足。只要工作機會多，人民聚集，商人也會盯上商機來訪。

領地的人民明顯增加，索沃爾也變成一個大忙人了。

*

艾倫向協助他們度過難關的大精靈道謝。

多虧有他們，凡克萊福特領如今才會變成人人欽羨的土地。

「真的很謝謝你們！」

艾倫道了謝後，所有出力幫忙的精靈都露出和藹的面容，一個接著一個撫摸艾倫的頭。

若以人類來比喻，執掌土地的伯登是一個看起來年過五十，面容嚴肅，留著落腮鬍的人。他嘎哈哈地笑著說他很開心。

「公主小姐的想法真是有趣！我們只是出手幫個忙而已，弗蘭和奧布絲卻驚訝得跟什麼一樣。」

精靈們是獨立的存在。如今因為互相幫忙，產生加乘效果，其他精靈都對這種衍生出的力量感到驚訝。

「我真沒想到會有這種效果。要是再多方嘗試，應該很好玩吧。」

執掌光的里希特爽朗地笑道。里希特是個外表接近二十歲的姣好青年。白銀的髮色和那雙銀瞳與艾倫的母親有些相似。以旁人的目光來看，應該會覺得里希特和艾倫是年紀相差甚遠的兄妹吧。

因此艾倫有時會以「哥哥」稱呼里希特，向他撒嬌。

執掌雨水的妮婕爾和雷根是一對雙胞胎姊弟。他們兩人有著青綠色的頭髮和眼睛，外貌是長得一模一樣的雙胞胎，不過個性極端，常常惡作劇，外表年齡看起來比艾倫大一點。艾倫以好玩的輕鬆心態邀他們前來，他們覺得有趣，便決定幫助艾倫。

他們兩人一直是讓雨水下得很極端的精靈，但艾倫認為那會帶給人類困擾，這次便不讓他們下雨。

人類為了祈求降雨，會舉行祈雨儀式。他們看了，會一邊笑一邊降下雨水。然而一旦降下集中型豪雨，人類便會驚慌失措。他們從前是以此為樂的惡童。

因此他們似乎沒想到，只是在夜間降下細雨，就可以得到人類的那般感激。

他們從前只會以人類的慌亂樣貌取樂，經過這次事件卻深感反省。他們開始被人們稱作恩惠之雨，受人感謝。

此外，執掌植物的弗蘭和奧布絲平常稱不上相處融洽，這次卻叫嚷著「我們平常也這麼做嘛！」這似乎反而讓這對姊弟覺得有趣，開心地笑了。

執掌植物的弗蘭和奧布絲平常就一直提出忠告，為了永恆生存下去，需要他人的幫助，但其他精靈卻不太懂那種感覺。他們只能憑本能了解，只要奧莉珍這位萬物之母存在，自己也得以存在。

既然這樣，妳們去跟女王說啊——每個人以前都這麼回答，讓她們兩人不禁傷心落淚。

這次事件成了一次很好的佐證，艾倫因此受到兩人盛大的感謝。

她們兩人執掌豐收，外表也是凹凸有致的妖豔大姊姊。

艾倫被這兩個人夾在中間疼愛，受到了四座豐滿的山峰左右壓迫式的感謝。不過這會刺激到她的自卑感，這種感謝方式並不會讓她感到開心。

因為這次事件，互相幫忙的精靈們感情變好了。這樣的氣氛讓艾倫再度展顏。

精靈活在永恆之中，因此思考偶爾會產生停滯。他們鮮少試著主動去完成一件事。

不過感情倒是像大自然那樣，有時極端，有時平穩。

生起氣來就引起地震、火山爆發、颱風這類大災害。

艾倫就近看著他們，逐漸明白精靈的本質為何。

他們是——執掌這個世界本身的存在。

*

羅威爾和奧莉珍從遠方看著艾倫和精靈玩耍，兩人彼此交談著。

「艾倫真的好溫柔……」

「呵呵呵，她是我和你的孩子喲，當然溫柔。」

「可是我很擔心啊。她竟然為了人類傷心成那樣……」

「哎呀，你不也是人類嗎？」

「自從得到妳的力量之後，我對這個世界就有一種想法——人類實在是很渺小的存在……」

羅威爾思索著這個世界的運行方式，繼續說：

「我確實把母親和弟弟看得很重要，可是對我來說，妳和艾倫是更加重要的存在……我以前明明是那麼想拯救眾人……」

為了守護王都不被魔物風暴侵害，羅威爾賭上了性命作戰。

但他現在知道了精靈的生存方式，也知道人類幹了什麼好事，因此他感到絕望。

「我是在什麼時候學會權衡利弊了呢……」

羅威爾看著艾倫，不禁回想起自己過去的心情。奧莉珍見他如此，忍不住嘻嘻笑道：

「我倒覺得你這是把我和艾倫看得重要的表現喲。」

「……是這樣嗎？」

過去艾齊兒令他心煩，他因此不顧家族，把一切全推給弟弟。

仔細想來，或許他在當時就已經放棄家裡了。

「……多虧有艾倫。」

艾倫會喊著「奶奶」親近自己的母親，母親的笑容從此烙印在羅威爾腦海裡。

伊莎貝拉疼愛艾倫的模樣，讓羅威爾想起自己遺忘了的某些事。

「我的女兒可真厲害……」

艾倫愛著一切。無論精靈、人類，還是各自的生存方式。她用自己當例子，證明了彼此應該是互助的存在。

她那副模樣，令羅威爾將她和自己的妻子，也就是奧莉珍這位萬物之母重疊在一起。

「因為艾倫是我的女兒，同時也是你的女兒。她當然會重視我們兩邊的種族。」

「是啊，妳說得對……」

羅威爾看著女兒的背影，不禁反省。

他有了自覺，當他知道王室罔顧精靈後，便對一切感到絕望。

將這種念頭導正的人，正是艾倫。

和精靈玩耍的艾倫回過頭，笑著呼喊：「爸爸！媽媽！」

艾倫帶著滿面的笑容向他們跑來，羅威爾於是張開雙臂，緊緊地抱住她。

# 後記

距離上次寫完後記，其實並沒有過去多久。以現在這個時間點來說，大概是兩個月前的事吧？

只不過，相較於上次必須顧慮頁數，前前後後總共被刪了三次的後記（笑），這次卻獲得了很多頁數。然而明明有很多頁數，這次我卻不知道應該寫些什麼，只好戰戰兢兢地向責編Ｋ大人確認：「可以閒聊嗎……？」

笑著允許我這麼做的責編Ｋ大人，素日真是謝謝您這麼照顧我！

不過現實卻是閒聊太隨性了，結果決定使用這篇後記……可惡唔唔唔！

但後記頁數也減少了，結果好就非常好。（笑容）

下次有機會的話，我不會放棄，一定要再接再厲挑戰。

另外，這本書發售的同時，我也有個朋友預計要剖腹產，還要同時動手術。

這本書的發售日和朋友生產的日子重疊，我只覺得這是命運。

我真切地希望他們母子均安，能戰勝病魔。

我會遠遠地祈禱朋友和她腹中的胎兒一切平安。

承續上一集，這次也購買本作的人們、在網路上替我加油的各位、責編K大人、M大人、T大人，以及校對大人。

此外還有在百忙之中，替我畫了這麼美的插圖的keepout大人，真的非常謝謝你們！

如今回過神來，才發現艾倫已經藉由大家的手長這麼大了。（除了外表……）

不知道她以後還會成長到什麼地步？我覺得好興奮。

祈禱我能在下一集獻上又長大了的艾倫。非常感謝大家！

國家圖書館出版品預行編目資料

轉生後的我成了英雄爸爸和精靈媽媽的女兒 / 松浦作；楊采儒譯. -- 初版. -- 臺北市：臺灣角川, 2020.09-

冊；　公分. -- (Kadokawa fantastic novels)

譯自：父は英雄、母は精霊、娘の私は転生者。2

ISBN 978-957-743-966-6(第2冊：平裝)

861.57　　　　109010208

Kadokawa
Fantastic
Novels

# 轉生後的我成了英雄爸爸和精靈媽媽的女兒 2

（原著名：父は英雄、母は精霊、娘の私は転生者。2）

2020年9月3日　初版第1刷發行

作　者：松浦
插　畫：keepout
譯　者：楊采儒

發行人：岩崎剛人
總編輯：蔡佩芬
編　輯：蘇涵
美術設計：宋芳茹
印　務：李明修（主任）、張加恩（主任）、張凱棋

發行所：台灣角川股份有限公司
地　址：105台北市光復北路11巷44號5樓
電　話：（02）2747-2433
傳　真：（02）2747-2558
網　址：http://www.kadokawa.com.tw
劃撥帳戶：台灣角川股份有限公司
劃撥帳號：19487412
法律顧問：有澤法律事務所
製　版：尚騰印刷事業有限公司
ISBN：978-957-743-966-6